EL ABOGADO

Rural

EL ABOGADO

UNA HISTORIA DE ACCIÓN

GELDRYN DE LEÓN

Para mi esposa Brígida…

AGRADECIMIENTOS:

Enorme gratitud a todos los que contribuyeron en este proyecto, ¡muchísimas gracias!

Uno

En una lluviosa tarde de invierno, acompañada de fuertes vientos repentinos que obligaban al piloto del automóvil *Nissan Sentra*, de color gris opaco a dar marcha lenta en su camino, ya que dicho conductor veía con severa dificultad la línea divisoria de la doble y curveada carretera donde transitaba.

En aquel preciso momento, la madre naturaleza sólo brindaba inflexibles señales de un prolongado invierno tropical en el área montañosa y rural de Quetzaltenango, Guatemala. Tras pasar minutos manejando casi a vuelta de rueda en aquella delicada autovía, el chofer abrió repentinamente su celular y se percató que sólo tenía una anímica barra de señal en el aparato.

— ¡Rayos! —dijo—, moviendo la cabeza, afligido porque las condiciones climáticas no le permitían avanzar plácidamente.

Y es que la lluvia no cesaba, la tormenta eléctrica se reflejaba en el horizonte, las intensas gotas del chubasco crepitaban en el vidrio frontal del automóvil y, al conductor todavía le faltaban diecinueve kilómetros para llegar a su destino. Al paso de los minutos, su teléfono celular comenzó a timbrar, entre ojo observó el número de teléfono del que lo estaban llamando, agarró el móvil con su mano derecha y al contestar; era una voz femenil que le preguntaba amablemente cuánto le faltaba para llegar al pueblo.

—Licenciado, ¿ya mero llega? —indagó ella, entre cortado.

—Aún no lo sé señorita —replicó él—, está lloviendo demasiado y creo que me llevará más tiempo de lo previsto.

Mientras continuaba la marcha lenta, el chofer observó entre ojos un reloj digital de color rojo en el tablero del automóvil, que se veía apenas empañado por la humedad climática del momento porque la llamada se había cortado. Sin embargo, el celular sonó de nuevo.

—Aló, ¿me escucha? —inquirió el Abogado.

—Sí, le llamaba porque hay alguien en la oficina que tiene algo importante para usted y no puede esperar para mañana.

— ¿Quién es?

—Brandon Carreto.

— ¿Y no me pudo llamar él personalmente?

—Pues… dice que si intentó llamarlo Licenciado, pero sólo a buzón lo mandaba la operadora de su móvil.

—Vilda —dijo él, en tono disimulado—, lo que sea, tendrá que ser para más tarde, o para mañana ya que me esperan a las tres y media en el juzgado y, usted muy bien sabe que al señor Juez no se le hace esperar por ningún motivo.

—Lo sé Lic. —dijo ella—, pero Brandon insiste en hablar con usted.

—Está bien.

Se oyó una vos interrumpida en la línea.

—No le escucho —dijo él.

La lluvia penetró dentro del automotor cuando el conductor abrió la ventana del *Nissan* para que llegara mejor la señal de comunicación.

—Brandon quiere hablarle por unos segundos —replicó ella.

11

Brandon Carreto, era el tradicional güizache del Municipio de Coatepeque, quien tenía aproximadamente nueve años de tener su oficina jurídica localizada a unas pocas cuadras del Juzgado de Primera Instancia Penal en el pueblo. De vez en cuando, les enviaba clientes a los Abogados locales según fuera el caso; en algunas ocasiones la hacía de investigador de campo y de perseguir influencias para asuntos regidos por la ley a cambio de una pequeña comisión según lo ameritara el caso.

Brandon Carreto, era un tipo de mediana estatura, sin bigote, de unos 27 años de edad, siempre era bastante amable con su clientela y vivía con su novia en un vecindario de Coatepeque.

En su negocio, Brandon Carreto, había instalado un letrero grandísimo de colores blanco y negro con el símbolo de la balanza sobre el tejado del edificio, que podía observarse a larga distancia para atraer más usuarios con necesidades de un consejo legal.

—Buenas tardes Licenciado —dijo él, sosteniendo el auricular mientras se acomodaba a un lado del escritorio—, según me informó su secretaria, usted anda por tierra fría.

— ¿En qué te puedo ayudar Brandon? —inquirió él Abogado.

Se oyó estática doble en la línea telefónica.

—Sé que no tiene mucho tiempo Licenciado, pero… creo que le tengo un buen cliente que necesita ayuda inmediata y me encargaron que le avisara.

— ¿Quién es el cliente?

—Déjeme ver —dijo él, sacando una tarjeta de su billetera—. Lo agarraron hoy al mediodía con armas de fuego deportivas sin licencia, posesión de droga y la verdad no sé qué más.

— ¿Lo tienes?

— ¡Ya…! Armando Murillo.

—Me suena bastante conocido el nombre. ¿El de tienda La Fortuna? —Inquirió el Abogado dudando.

— ¡Él mismo!

Al oír la confirmación del nombre, el Abogado presionó repentinamente el pedal de freno, giró el volante del *Nissan* hacia la derecha y, detuvo la marcha del automotor al margen de la cinta asfáltica por un momento.

— ¡No puedo creerlo! —replicó el jurista ligeramente sorprendido—, ¿qué estaría pensando ese muchacho?

—No sé, pero está preso y necesita de su ayuda.

— ¿Y cómo lo supiste?

—Su madre se comunicó con migo hace unos minutos. La señora se oía bastante desesperada y quiere que su hijo salga inmediatamente del preventivo.

— Ya, ¿y?

— Bueno, yo le sugerí que fuese usted quien lo represente.

—Brandon, como ves no estoy en el pueblo y tengo compromisos en el juzgado esta misma tarde.

—Lo sé Licenciado —respondió él—, pero la señora viene para mi oficina y le damos espera para que usted termine con sus asuntos.

— ¿Y por qué tengo que ser yo?

— ¡Vamos Lic.! —replicó Brandon en tono animoso—, todo el pueblo sabe que usted es el mejor Abogado para esos casos.

Se oyó un tremendo sonido y relámpagos por la tempestad y el viento sopló contra el parabrisas del vehículo.

El Jurista guardó silencio por un segundo, como analizando respecto al caso que le hacían mención. Aunque vivía en un barrio pobre y rural, su profesión le proveía una vida cómoda y distinguida en el pueblo.

Mucha gente requería de sus servicios por conocer de su capacidad intelectual en el manejo de casos penales y de alto impacto social, aunque en algunas ocasiones también le acarreaba problemas riesgosos por tratarse de un área rural chica y en tiempos recientes se había convertido en una zona inmoderadamente conflictiva.

— ¿Está ahí Licenciado? —inquirió el güizache.

—Si... dame un momento —respondió el Abogado, colocando el móvil junto al asiento del pasajero.

Armando Murillo provenía de una familia acomodada que por años se habían dedicado a la compra y venta de materiales de construcción. Sus padres eran dueños de varios negocios en el Municipio y él los ayudaba. Su residencia estaba localizada al final de la calle que venía del parque central del Municipio de Coatepeque. El tipo tenía bastantes amigos y era algo acreditado en la región.

— ¡Está bien! —dijo finalmente el Licenciado—, tan pronto termine la audiencia, estaré en mi oficina. Mientras tanto —agregó—: Vete a la estación de policía y utiliza tus influencias para que te den una copia de los cargos que se le imputan al detenido.

— ¡En seguida Lic.! —dijo Brandon apuntando la información en una libreta—, ¿algo más?

—Sí, cuando llegue la mamá del muchacho, dile que se vaya preparando para el pago de la fianza para evitar atrasos.

— ¿Y cómo cuánto dinero para la fianza?

—Considero que la cantidad de dinero no tiene importancia para el cliente, si quiere salir luego de su problema, ¿verdad? —replicó el abogado en tono sarcástico.

— ¡Perfecto!, solo que no se vaya a olvidar de mí a la hora del pago —dijo Brandon en tono de broma.

—No hay problema —replicó el jurista sonriente—, vos estás en mi lista de navidad, que no se te olvide.

—De acuerdo Licenciado, estamos en la jugada.

Al terminar la conversación, el Abogado Rural, emprendió la marcha de manera acelerada en el vehículo, a pesar de las condiciones climáticas. Mientras manejaba en el resto de la curveada carretera, < ¿suena como un caso inesperado?> Pensó.

Dos

Antes de la dos de la tarde, en el medio de una llovizna bastante fluida, en la Aldea El Alto, localizada al sureste del Municipio de Coatepeque, se habían oído unos disparos de arma de fuego de alto calibre < AR-15>.

En un principio, se había sospechado de un posible asalto a una unidad de camiones blindados que distribuían el dinero a varios bancos del sistema en esa región ya que era bastante común.

El régimen de distribución bancaria de Guatemala, funcionaba de la capital, a la frontera con la República de México. Los agentes de seguridad, llegaban en camiones que generalmente distribuían el dinero en el límite divisorio; seguidamente, hacían su recorrido de vuelta hacia la capital, abasteciendo a los bancos que se encontraban prácticamente en su retorno.

La carretera en la región sur de Guatemala, estaba repleta en sus lados de árboles de hule y en la vía lucían demasiadas rajaduras en su estructura; lo que hacía difícil de transitar a una velocidad moderada. También era un lugar bastante solitario y continuamente se veía oscuro; lo que era aprovechado por los bandoleros de la zona para realizar sus fechorías.

En otras ocasiones, también se daban crueles batallas entre contrabandistas o asaltantes en esa misma área por cuestiones de territorio y poder, que terminaban en tragedias para ambos bandos; es por ello que se hacía difícil atinarle qué era lo que sucedía esa tarde.

— ¡Disparen! ¡Disparen! —se oía ferozmente y con violencia—, ¡con nosotros nadie se mete!

La balacera no cesaba; también se oían varios gritos de confrontación e insultos de poder en ambos lados.

— ¡Disparen! ¡Disparen!

Se oyeron algunos disparos con diferentes armas de fuego que indicaban la contestación al fuego del asalto. Hasta cierto punto se escuchó una explosión bastante potente y en los vecindarios más altos de la loma, se podía ver humo que pernoctaba en el área de la refriega.

Con tantas detonaciones que se escucharon, ya no existía la duda, que el atraco había sido directo al sistema bancario o, pelea entre los malhechores ya que no era la primera vez que ocurría algo similar. Sin embargo, por lo delicado de la situación, nadie se asomó para ver quiénes eran los que disparaban, o a quiénes les estaban disparando.

Segundos después de un frágil silencio, se pudo escuchar el re chillido de llantas de automotores todo terreno, que presumían la huida de los atacantes en aquella carretera mal construida.

Ratos más tarde, se hicieron presente las autoridades competentes a la escena de la confrontación, quienes encontraron un sin número de cascabillos de armas de fuego de varios calibres esparcidos por varios puntos de la carretera; también se pudo verificar varias marcas de llantas de automotores en ambas direcciones de la autovía, pero nadie de los vecinos se acercó a dar mayores declaraciones de lo ocurrido.

Como no había testigos, ni muertos, ni automotores dañados; el comisario Roberto Fuentes, al mando de las unidades policiales, dio instrucciones a sus sub-alternos para que acordonaran la escena de la confrontación y que liberaran el poco tráfico que se había estancado por el movimiento de las patrullas.

— ¡Oficiales! —dijo él moviendo la cabeza en bastante desacuerdo con la escena que se le presentaba—, solo cerquen lo necesario y den paso a las autoridades del Ministerio Público para que realicen el peritaje necesario.

Tras haber levantado el cordón amarillo que los policías habían extendido, los investigadores del Organismo Judicial de Guatemala, embalaron la poca evidencia presente, tomaron varias fotografías de la escena y, redactaron el informe que suponía había sido un enfrentamiento armado entre narcotraficantes o asaltantes de la zona por haber tenido discrepancias en algún botín robado, o desacuerdo en las ganancias de algún ilícito.

Aunque en aquel momento, existía la posibilidad que dicho informe estuviera incompleto o, existía otro informe separado que ponía al descubierto que las agencias de autoridad en esa área no estaban en sintonía; ya que se había rumorado que unos kilómetros a la distancia de esa escena, dos oficiales de la Policía Nacional Civil a bordo de una auto patrulla habían detenido a un personaje sospechoso de colaborar en ese tiroteo. Sin embargo, la información oficial no pudo ser corroborada por los altos mandos en aquella tarde.

Entonces, antes de marcharse de la escena de la confrontación, el comisario Roberto Fuentes, se acercó diligentemente a uno de los investigadores que se le hacía un poco conocido para recabar información preliminar.

—Oficial —dijo él en todo moderado—, sé que no debo de preguntarle respecto a este suceso, pero usted como experto en la materia, ¿no le parece coincidencia que el mismo tipo de armas fueron utilizadas de nuevo en este ataque?

—No tengo la menor idea de qué me habla comisario —replicó el investigador un poco consternado por la pregunta.

—Oficial —dijo él como dudando—, si no estoy mal, en la última escena que tuvimos hace unos días y muy cerca de aquí fue casi la misma situación; recogimos varios casquillos parecidos a los que tiene en su mano.

— ¡Comisario! —dijo el agente investigador tratando de verle al rostro—, usted sabe bien que estos asuntos son materia del Organismo Judicial y no de la policía.

—Entiendo… solo que trato de prepararme para evitar que escenas como estas se repitan de nuevo.

—Comisario, creo que el reglamento de su departamento está muy claro —dijo el investigador sarcásticamente.

—Era una simple y pequeña pregunta oficial.

El investigador del Ministerio Público terminó de embalar lo que tenía en la mano y no le respondió al jefe policial.

—Combatimos la misma guerra oficial —le dijo el Comisario mientras se daba la vuelta y se alejaba de la escena.

El investigador sólo lo vio de re-ojo.

******

El edificio del Juzgado de Primera Instancia Penal del Municipio de Coatepeque, estaba localizado en la concurrida esquina de la octava calle y segunda avenida de la mencionada metrópoli. Era un edificio semi-moderno de color blanco hueso, tipo colonial de dos plantas, circulado por barrotes de metal color negro que había sido construido desde principios de los años setenta y sin mucho espacio para parqueo de automóviles en su alrededor.

Aquella tarde, después de entrar a la sala jurídica, el Abogado observó, que el recinto judicial estaba atosigado por algunos juristas que esperaban turno para la referida audiencia. Los fiscales, se comunicaban con sus auxiliares y revisaban algunos documentos en sus asientos. También, concurrían varios oficiales del sistema preventivo justamente uniformados con armas cortas custodiando a diferentes reos y, otras personas socializándose en tono moderado para ambos lados de la banca.

El caso que llevaba el Abogado Rural esa tarde, era bastante confuso y delicado. Al ver a su defendido, el jurista se le acercó al guardia que lo custodiaba para asegurar el turno en la banca de los acusados.

Al revisar la tabla que indicaba las citas con el juez, el Abogado confirió que era su turno para escuchar a la magistratura.

En el método Jurídico guatemalteco, era de costumbre legal quitarle los grilletes al detenido para enfrentar a la justicia. Entonces, el guardia retiró los grilletes al custodiado Herman Pérez y lo condujo al

23

escritorio para que se reuniera con su Abogado por un par de minutos mientras aguardaban la entrada de los Jueces.

— ¡Licenciado! —dijo el aprendido al sentarse.

— ¡Herman! —replicó el Abogado.

— ¿Cuándo cree que saldré?

—Eso depende de varios factores Herman—dijo el Abogado revisando los documentos del proceso.

Herman Pérez, había sido sindicado de supuesta extorsión y robo agravado por el Ministerio Público de Guatemala, ya que semanas anteriores, lo habían atrapado recogiendo un paquete que simulaba dinero a cambio de no causarle daño a unos comerciantes de la región. Según el informe que habían rendido los oficiales, cuando el detenido se percató que era una trampa, se dio a la fuga momentáneamente, robándole un automotor a otro comerciante; pero durante la correteada los agentes a cargo de esa investigación habían cometido varios errores, y se rumoraba que Herman Pérez, había sido la persona equivocada que habían arrestado los oficiales en ese entonces y, no al verdadero criminal.

La tarde de la refriega, los vecinos se habían comunicado entre sí; algunos que habían observado el hecho, habían mandado mensajes a través de sus celulares para hacer del conocimiento de la población de Coatepeque, que los oficiales se habían equivocado en el arresto del delincuente y hasta cierto punto; esa tarde hubo protesta en contra de la aprensión de Herman Pérez.

El detenido se acercó más a su Abogado para inquirir algunos puntos de su caso y que el jurista lograra su libertad en seguida.

—Pues sea lo que sea, haga lo posible de sacarme en cuanto antes, ya que en la cárcel no me tratan muy bien —dijo él.

—Pues eso es lo que estoy haciendo Herman, pero también debo informarte que necesito más dinero para continuar con la reconstrucción de tu caso.

— ¿Cuánto dinero más?

—Después de esta audiencia te digo —dijo el Abogado

Segundos después, se oyó una vos masculina fuerte que anunciaba la entrada de los señores Jueces al tribunal.

El procedimiento jurídico de Guatemala, señalaba en sus artículos que conforme a la ley del Organismo Judicial, eran tres Jueces los que llevaban la competencia en los Juzgados de Primera Instancia Penal y de Mayor Riesgo. Siendo ellos, el Juez presidente quien en conjunto con los otros dos Jueces auxiliares, les correspondía la responsabilidad de velar porque se respetaran los derechos de los imputados, en especial el Derecho de Defensa. En este sentido, la ley le confería al tribunal la potestad de autorizar y controlar las diligencias de investigación, que significaban restricciones a los derechos y garantías que establecía la Constitución y los tratados internacionales aprobados y ratificados por el Estado de Guatemala en materia de Derechos Humanos.

También, los Jueces tenían la potestad legal de controlar el cumplimiento de los plazos procesales, así como de practicar las diligencias de prueba anticipada y posterior que fueran solicitados por el fiscal o cualquiera de las partes cuando se consideraban procedentes.

Al tomar asiento, el Juez Presidente preguntó a las partes en el proceso, si había algún comentario antes de que diera comienzo la audiencia.

En su momento, ambas partes abrieron sus expedientes y fue la fiscalía quien tomó la palabra.

—Señor presidente —dijo Luis Leal, fiscal a cargo de ese caso—, la fiscalía está lista para llevar a debate oral, el Proceso Penal en contra del imputado Herman Pérez por los delitos de robo agravado y extorsión.

—Muy bien —dijo el Juez, se volteó a la derecha y preguntó a la defensa si también estaban listos para llevar el caso a debate.

—La defensa tiene la palabra —dijo él.

— ¡Gracias señor presidente! —dijo el Abogado defensor poniéndose de pie—, lamentablemente a estas alturas, todavía no contamos con el resultado verídico de los expertos en materia de dactiloscopia. Con el debido respeto, solicitamos a este honorable, un lapso de unos dos días más.

—La defensa ha tenido más que suficiente tiempo para presentar esas pruebas señor presidente —dijo Luis Leal interrumpiendo el debate.

— ¡Un momento Licenciado! —replicó el Juez.

—Señor Juez, con el debido respeto, pero no es la primera vez que la defensa pide una extensión en este proceso —agregó el Fiscal.

— ¿Cuál es el motivo del atraso Licenciado? — inquirió el Juez con vos de justicia, sosteniendo el manual del proceso.

—Señor presidente, los resultados apenas están siendo analizados nuevamente en estos momentos y, eso lleva un poco de tiempo ya que los tuvimos que mandar a la cabecera departamental —dijo el abogado de la defensa.

—Ya tiene más de una semana que se ordenaron esos análisis señor presidente —dijo la fiscalía poniéndose de pie e interrumpiendo nuevamente el debate.

— ¡Un momento Licenciado por favor! — reprendió el Juez.

—Señor Juez —dijo el defensor en tono apelante—, con el debido respeto a este honorable, pero se han cometido varios errores en este proceso y sin esos resultados mi defendido no tiene posibilidades para solventar su situación jurídica. Creo que la fiscalía está siendo demasiado desconsiderada en este caso.

— ¡Señor Juez! —dijo el fiscal poniéndose de pie—, lo que la defensa pretende es retrasar el debate nuevamente, creo que ya hemos esperado lo suficiente como para posponer el proceso otra vez.

— ¡Proceso en contra de una persona inocente! — dijo el Abogado defensor—. Los oficiales de la Policía Nacional civil arrestaron a la persona equivocada.

— ¡A su defendido lo aprendió la policía con el paquete que simulaba el dinero que estaba cobrando por extorsión!

—Señor presidente —dijo el Abogado en tono cordial—, lamentablemente en aquella ocasión, mi defendido sólo tomó el paquete que estaba tirado en la calle. Los resultados de dactiloscopia probarán que mi patrocinado es sólo una persona que se encontraba en el tiempo y lugar equivocado aquella tarde.

—Un momento —Licenciado dijo el Juez.

El Magistrado guardó un segundo de silencio, vio entre re-ojo a sus asistentes de banca y se dirigió a la defensa:

— ¡Licenciado! —dijo el Juez—, es de conocimiento de este honorable, que los medios de prueba ya habían sido analizados con anterioridad.

—Sí, señor Presidente —interrumpió el Abogado defensor—, lo que sucedió es que los resultados fueron inconclusos y se tuvo que ordenar un nuevo análisis, es todo.

— ¿Qué dice la fiscalía al respeto? —indagó el Juez.

Antes de que alguien respondiera a la pregunta el Abogado dijo rápidamente:

—Tratamos de hacerlo del conocimiento en la primera audiencia, pero la fiscalía se ha rehusado.

—Con el debido respeto señor Presidente, esta fiscalía no está de acuerdo con la petición de la defensa. Los resultados ya fueron remitidos y debemos usarlos.

—Señor Presidente —dijo de nuevo el Abogado defensor—, solamente solicitamos unos días más para que emitan el nuevo resultado.

El magistrado tocó el manual del procedimiento penal y se avocó a sus compañeros de banca para emitir la resolución a la petición de la defensa.

Mientras tanto Herman Pérez, le hizo señales a su abogado para decirle algo; el defensor se inclinó hacia su defendido para indicarle algo al oído y por los ademanes que le hacía, conferían en que después de la audiencia hablaría con él más detalladamente para no interrumpir en la labor del Juzgado.

Al frente de la banca, los jueces continuaban dialogando conforme al marco jurídico y al transcurrir un par de minutos, parecía que habían concordado con la defensa por los gestos que hacían.

Los Magistrados volvieron a sus lugares habituales y observando a la audiencia, el Juez presidente dijo:

— ¡Con lugar la petición Licenciado! Este honorable, le concede 48 horas más a la defensa para que obtenga la documentación necesaria; caso contrario —agregó el Juez presidente —, daremos inicio a la audiencia con lo que se tenga a la vista.

Señores, la audiencia se da por terminada — concluyó levantándose de la banca.

La fiscalía se puso de pie y comenzó a guardar la documentación del proceso en contra de Herman Pérez, bastante insatisfecha por la decisión del tribunal.

El abogado defensor, también se puso de pie y les pidió un minuto a los guardias para hablar con su defendido.

— ¡Mira Herman! —dijo él—, con los resultados de la dactiloscopia de seguro que quedarás libre, pero también tenemos que echar en cuenta cuánto se va gastar en los técnicos que van hacer los análisis y otras cosas que se necesiten para obtener los resultados que queremos.

—Pues usted dígame la cantidad —replicó él.

—No quiero ser desmedido —dijo viéndole a los ojos—, pero considero que unos cuatro mil quetzales más para todo lo que va a llevar.

— ¿Y por qué tanto dinero?

—Como te dije eso lleva tiempo y trabajo.

— ¿Pero me asegura que quedaré libre?

En eso, los guardias del sistema penitenciario se acercaron para tomarlo en custodia nuevamente y, el detenido sólo alcanzó a decirle que haría lo posible por conseguir del dinero que necesitaba.

— ¡Está bien! —dijo.

El abogado agarró su maletín y trató de caminar a paso rápido ya que lo esperaban en su oficina.

Tres

La lluvia había mermado un poco en el pueblo, aunque se veían algunas corrientes de agua sucia en las orillas de las banquetas de aquella húmeda ciudad. Vilda Gómez y Brandon Carreto, se encontraban esa tarde de viernes, en la sala de espera del Abogado tratando de calmar a la señora Eugenia de Murillo. Como madre del detenido, la mujer no podía contener el llanto y quería toda la atención para el caso de su hijo dando lugar a muchas confusiones.

— ¡Señora por favor tranquilícese! —dijo Vilda, alcanzándole una vaso de agua—, el Abogado ya viene en camino.

— ¡Tú no sabes lo que es pasar por esta situación! —sollozaba doña Eugenia sentada en aquella oficina.

—Cálmese ya verá que todo se arreglará — dijo mientras retornaba a su escritorio—. No hay nada que no tenga solución.

— ¡Yo lo único que quiero es que mi hijo quede libre!, ¡hoy mismo! —Señaló bastante conmocionada.

En eso, Brandon Carreto trató de intervenir para que la señora guardara la cordura y parara de llorar.

—Dona Eugenia, tranquilícese por favor —dijo él dándole consuelo—, mire... su hijo tiene todas las posibilidades de salir libre, ya que lo representará el mejor Abogado que tiene este pueblo.

Al paso de los minutos, el huizache logró que la fémina se calmara y diera tiempo a que el jurisconsulto llegara a la oficina.

Brandon Carreto, se retractó a ver su reloj que portaba en la mano izquierda, cuando en eso abrieron la puerta de la oficina.

— ¡Brandon! —dijo el Abogado a su arribo.

—Licenciado buena tarde —respondió Brandon como viendo su reloj y rápidamente señaló a la mujer que estaba en la oficina—, ella es la madre de Armando Murillo del caso que ya le había informado.

—Señora permanezca en su asiento por favor —dijo el Abogado en tono de amabilidad—, deme unos minutitos con mi informante y luego la atiendo.

— ¡Licenciado por favor! —respondió ella apresuradamente y tratando de secarse las lágrimas—, necesito que actúe lo más rápido posible, ya he esperado varias horas y mi hijo sigue preso.

El Abogado, estaba tan acostumbrado a tratar con los clientes más trascendentales y exigentes del Municipio; sin embargo, siempre demostraba amabilidad y profesionalismo ante situaciones severas y jamás perdía la calma.

—Pierda cuidado señora, estoy para servirle —dijo él finamente—, nada más necesito unos minutitos con mi asistente.

Anteriormente, Brandon Carreto, se había acercado a la estación de policía para recabar la información que las autoridades tenían del detenido, como se lo había pedido el Abogado durante la conversación telefónica que habían tenido y, por lo visto llevaba algunas notas de lo requerido por el jurista.

Apenas se había sentado el letrado en su escritorio.

—Licenciado... —dijo Brandon, algo nervioso sosteniendo la libreta—, creo que este caso está mucho más serio de lo que se me había informado inicialmente.

— ¿Qué información te dieron? —inquirió el Abogado.

—Pues... en un principio, me habían notificado que Armando Murillo había sido detenido por posesión de armas de fuego deportivas y droga para el consumo, pero en el informe policial lo acusan de posesión de armas de grueso calibre y narcotráfico.

— ¡No puedo creerlo! —dijo el Abogado un poco asombrado por la información—, se veía un muchacho bastante cuerdo para lo que lo están acusando.

—Pues... al parecer no tanto —respondió Brandon colocando la libreta de apuntes sobre el escritorio.

—Ya veo.

El jurista respiró profundo por unos segundos; rápidamente caviló en las repercusiones que dicho caso podría traerle a su persona, a su familia y a sus empleados, ya que la situación en especial en materia de seguridad era precaria en el Municipio. Sin embargo, seguidamente señalándole con la mano izquierda, le pidió a Brandon que hiciera pasar a la señora de Murillo prontamente a su despacho para dialogar sobre el asunto.

— ¡Llama a la señora por favor! —dijo.

Brandon Carreto, se levantó de su silla ligeramente y se dirigió a la puerta que daba a la sala donde la señora aguardaba espera.

—Doña Eugenia, tenga la amabilidad de pasar al despacho del Abogado por favor —dijo él amablemente.

Brandon Carreto figuró, que era mejor darle espacio a la señora para que platicara con el futuro defensor e intentó cerrar la puerta, pero el jurista le indicó:

— ¡Tú también Brandon acompáñanos por favor!

Brandon se dio la vuelta, un poco preocupado y tomó el asiento del lado izquierdo en el despacho del jurista.

— ¡Doña Eugenia! —dijo el Abogado, viéndola al rostro—, no sé qué información tenga usted de su hijo, pero me acabo de enterar que la situación no está color de rosa. Así que por favor ponga mucha atención.

— ¡Diga Licenciado! —respondió ella como dudando y sosteniendo su pañuelo lleno de lagrimas.

—Según informes preliminares indican que su hijo ha sido acusado de delitos graves y requerirá de tiempo y de varios recursos.

— ¿Cuánto tiempo?, y ¿qué recursos?

—Pues hay varios que podemos utilizar —dijo el Abogado.

— ¡Licenciado haga lo que tenga que hacer!, pero yo quiero soluciones concretas y que mi hijo quede en libertad inmediatamente.

—En eso estamos, no tenga usted cuidado —además agregó el Abogado—, precisamente en estos momentos nos dirigiremos al Juzgado de turno para obtener la versión oficial y así poder actuar en favor de su hijo, ya que es viernes por la tarde y tenemos que darle prisa al proceso.

— ¡Si por favor! —dijo ella.

—Si gusta puede esperar en la oficina o si no, le puedo dar una llamadita en cuanto salgamos del Juzgado —dijo el Abogado.

Eugenia de Murillo, era la tradicional madre chapina de tipo conservador; de aquellas mujeres que daba la vida por su familia. Durante la infancia de sus hijos, siempre destacó el cuidado de los varones. Doña Eugenia era de baja estatura, muy gentil en su comportamiento y educada, aunque a veces por las emociones perdía el control y le daba por llorar. También ya pintaba algunas canas, de ojos color café y muy recta en sus decisiones. Hasta cierto punto la señora consideraba que había realizado un buen trabajo en el crecimiento de sus críos; sin embargo, la doñita jamás pensó que en corto tiempo conocería quién era su verdadero hijo.

Era de notar que en aquel preciso momento, el Abogado Rural no dio mayores detalles del caso a la madre de Armando Murillo, con el afán de no preocuparla más de lo que la señora se veía; así, que sólo le pidió a Vilda Gómez, que estuviera al pendiente de la fémina y a Brandon Carreto que lo acompañara al Juzgado para requerir los documentos oficiales del caso y proceder conforme a Derecho.

*****

Como era de esperarse en aquella tarde; en la famosa cantina "El Valiente", se llevaría a cabo la usual celebración del fin de semana con música en vivo; alegrísimo por cierto, ya que siempre se escuchaba a varias cuadras la algarabía de los clientes.

La asistencia de consumidores al negocio era bastante concurrida. El establecimiento tenía una bonita fachada hacia la calle y se ubicaba en una solitaria arteria empedrada del Municipio donde llegaban lindas chicas que les gustaba divertirse y disfrutar de la vida alegre.

En aquella ocasión, amenizó el conocidísimo mariachi Los Andariegos del Municipio de Coatepeque, conjuntamente con el alegrísimo *Dj* Soda Estéreo dando a una combinación de música bailable y amena.

La mayoría de clientes de cantina El Valiente, eran vecinos o conocidos de los dueños del negocio quienes se divertían en grande; aunque en ciertas oportunidades visitaban foráneos que en determinadas ocasiones se salían de sus casillas y, al calor de los tragos algunos armaban acaloradas discusiones que por lo general terminaban en tremendos alegatos y peleas físicas afuera del bar.

En raras ocasiones no muy favorables para nadie, algunos usuarios o visitantes de la mencionada cantina hacían escándalos con armas de fuego, o se armaban balaceras bastante lamentables.

Aquella tarde, el *dj* había empezado a tocar música tipo merengue que era popularísima en las provincias de Guatemala, ya que esa era la costumbre de casi todos los fines de semana. Posteriormente, sería el mariachi que tocaría para alegrar la fiesta y concluiría el *dj* de nuevo para terminar con el reventón y que se tornara inolvidable la fiesta del fin de semana.

— ¡Damas y caballeros! —dijo él *dj*—, en esta hermosa tarde lluviosa pero alegre, daremos inicio a nuestro festejo de fin de semana.

— ¿Quiénes están listos para la fiesta?

— ¡Yo! ¡Yo! —se oía.

— ¡A ver levanten la mano!

Varios levantaron la mano y se oyeron chiflidos de regocijo.

— ¡Ese ánimo me gusta! —dijo el *dj*.

— ¡Que suene la música! ¡Que Suene la música! —Se oía con fervor de toda la ovación en aquella taberna.

— ¡Y el que no haga bulla!, es porque no se bañó —gritaba por micrófono el *dj* tratando de animar a todos.

Uno, o dos de los clientes de la taberna, se veían somatado los vasos de cristal y habían gritado gozosamente en aquellas mesas de madera haciendo alusión al ruido que estaría por comenzar.

— ¡Es hoy o nunca!, ¡es hoy o nunca! —se oía.

— ¿Estamos listos?

— ¡Que suene la música! ¡Que suene la música!

El baile, había dado inicio de maravilla, ya que algunas parejas se habían levantado de sus asientos y habían empezado a bailar al compás de aquella música alegre. Las paredes de la cantina retumbaron al compás del bajo, en especial cuando sonaban cumbias tradicionales y del recuerdo.

Otros muchachos en sus mesas, habían ingerido licor nacional y bebieron suficientes cervezas chapinas, pero la mayoría había tomado moderadamente; aunque ya se habían visto algunas mesas llenas de cristales vacios; la fiesta apenas comenzaba.

Después de las 5.40 de la tarde en aquella taberna, había llegado la tradicional música charra, donde los mariachis vestidos con sus uniformes de gala y sus tradicionales sombreros a la ranchera, hicieron su ingreso al pequeño escenario y agarraron el micrófono para llamar la atención de los asistentes.

Quitándose el sombrero, el vocalista principal de los mariachis dijo con vos ranchera y fuerte:

— ¿Y qué dice la multitud?

Muchos gritaban y le sugerían que comenzara a cantar.

— ¿Seguimos? —inquirió él.

— ¡Sí! —replicaron casi la mayoría de los clientes.

— ¡No se oye! —dijo—. ¿Seguimos?

— ¡Sí!

— ¿Paramos?

— ¡No!

— ¿Cantamos?

— ¡Sí!

— ¿Cuál canción? —preguntó con voz fuerte.

Y como era de esperarse que aquella tarde estuviera para gritar a todo pulmón, los consumidores empezaron a cantar.

— ¡Y volver, volver, volver…! A tus brazos otra vez—, se oía hasta del otro lado de la banqueta de la fonda.

— ¡Creo que tenemos muchos mariachis la tarde de hoy! —bromeó el cantante sonrientemente.

Los clientes habían estado esperando por horas, a que los músicos de aquel mariachi los consintiera con su música preferida. Y como el grupo charro se deleitaba complaciendo al público con sus melodías; los muchachos empezaron a preparar sus instrumentos y seguidamente comenzaron a cantar:

"Este amor apasionado

Anda todo alborotado

Por volver

Voy camino a la locura

Y aunque todo me tortura

Sé querer

Nos dejamos hace tiempo
Pero me llegó el momento
De perder
Tú tenías mucha razón
Le hago caso al corazón
Y me muero por volver
¡Y volver, volver, volver…!"

— ¡A tus brazos otra vez! —seguía la ovación cantando alegremente, al compás de aquella música.

Al paso de los minutos, el mariachi había tocado varias canciones a la charra, cuando algunos clientes de una mesa del rincón, que habían estado ingiriendo varios vasos de licor empezaron a gritar y a empujar a otros clientes de la taberna; y se estaba armando el despelote.

— ¡A mí me vale que canten lo que quieran y todos los que están aquí! —dijo uno de ellos empujando y tambaleándose para los lados.

Al ver lo que sucedía, doña María y don Agapito Hernández; dueños del negocio, intercedieron inmediatamente para tratar de calmar la situación y que los insultos bajaran de tono.

— ¡Muchachos! —dijo doña María en tono apelante y secándose las manos en su delantal blanco que lucía—. La tarde apenas empieza, no es para que se esté armando semejante escándalo.

— ¡Tranquila viejita! —dijo uno de los alborotistas con algunas babas en la boca—. El pleito no es contigo.

—No, pero les pido de favor que se vallan, en este lugar se viene uno a divertir y no a pelear con los demás clientes.

— ¡Pues por ahorita no pasa nada viejita loca!, pero esos chavos que me insultaron, no se saldrán con la suya.

— ¡Cualquier problema que tengan, lo pueden arreglar en la calle! —dijo don Agapito agarrando a uno de ellos y tratando de llevarlo hacia la salida de la taberna.

— ¡Pues ya viejo, no es para tanto!

— ¡Entonces abandonen el lugar por favor!

Eran dos chavales los que habían comenzado a dar dificultades, pero uno de ellos era el que mas estaba insultando. El tipo se veía brusco, de piel morena y de apariencia problemática, vestía una camisa negra de manga larga, con sombrero estilo tejano, sus botas de piel color blanco, al parecer tenía su dinerito y no frecuentaba el negocio muy seguido.

— ¡No me toquen! ¡No me toquen! —decía el pleitista y tambaleándose—, no me toquen que yo conozco la salida de este maldito lugar.

Otros clientes se sumaron en ayuda de los dueños y trataron de sacar a los revoltosos para que la fiesta continuara.

—Jóvenes la fiesta tiene que continuar —dijo don Agapito—, así que en buena onda,¡váyanse de aquí!

Después de varios arrebatos, y al ver los tenían casi rodeados, los causantes de la inconveniencia, optaron por marcharse bastante ofendidos y lanzando amenazas a los supuestos ofensores.

— ¡Que les valga por ahora! —dijo finalmente uno de ellos y en tono imponente—, ¡pero no se va quedar así!

La mayoría de los clientes en el bar, se regresaron a sus mesas; algunos riéndose de la trifulca que se quería armar, otros comentando que el licor no era para todos y por el momento el evento había seguido conforme a lo planeado ese fin de semana.

*****

La oscuridad empezaba apoderarse de aquella tarde. En las orillas de la Aldea El Alto, unos muchachos habían continuado con un mutismo profundo en sus guaridas; de una manera u otra se veían angustiados y casi no se comunicaban entre sí. El silencio se había apoderado de ellos, como tratando de recuperarse de la refriega que habían confrontado hacía unas horas.

En el esparcido vecindario de Aldea El Alto, había servicio eléctrico y algunas casitas aledañas habían comenzado a encender sus bombillas; sin embargo, ellos preferían estar en la oscuridad y sin ningún tipo de bulla.

El mero jefe de la banda, se había escabullido de la zona y sólo había encargado a su mano derecha que mantuviera el control de los demás chicos mientras las cosas se calmaban.

Al ponerse de pie, un hombre de dudosa procedencia sintió regocijo de estar vivo y poder continuar con su labor de delinquir en aquella zona, apenas se le veía su cara por la oscuridad.

— ¡Lo más importante en este negocio es guardar silencio para no llamar la atención de la jura! —les dijo a sus compinches casi en voz baja—. Es mejor callar por unos días, ya el jefe sabrá qué planes tomaremos más adelante.

Uno de los muchachos intentó levantarse y cuestionar las acciones del que mantenía el control, pero se detuvo inmediatamente, como considerando que no era el momento preciso para indagar absolutamente nada.

—Óigame...

— ¿Qué pasa?

—No... olvídelo —dijo él.

Los demás muchachos no argumentaron sus indicaciones, sólo se vieron unos a otros de reojo y continuaron con su silencio.

Cuatro

Casi al final de la tarde, el Abogado había llegado al Tribunal de Primera Instancia Penal, acompañado de Brandon Carreto para solicitarle al oficial de turno una entrevista con su futuro patrocinado. Como era fin de semana y en horario extemporáneo, el encargado del Juzgado les había hecho esperar suficiente tiempo.

Los asientos de espera en la sala jurídica, estaban en un apartado donde permanecían varios escritorios en fila, desocupados por el momento y el cielo del edificio se veía alto y poco iluminado.

Ya habían pasado más de cuarenta minutos sentados en la sala de espera del Juzgado y no había noticias.

— ¡Lic.! —dijo Brandon Carreto como dudando—. ¿Creé usted que podremos hacer algo por Armando Murillo hoy?

—Bueno… primero nos tienen que atender —dijo el Abogado viendo su móvil y recostándose en el sillón.

El güizache no paraba de restregarse las manos, por momentos se levantaba de la silla y se veía bastante intranquilo.

Brandon Carreto recordaba que tiempo atrás había colaborado en algunos casos similares al que tenía al enfrente. De momento pensaba que tendría beneficencia económica, pero también razonaba que había contraído riesgos, peligros y amenazas de algunos clientes, ya que durante las investigaciones, el güizache tenía que indagar por evidencia; también recordaba que a muchas personas en esa particular área de Guatemala, no les gustaba ningún tipo de preguntas y eso no lo dejaba en paz.

— ¿Qué es los que sucede Brandon? —dijo el jurista un poco confundido y viendo sus movimientos.

—Licenciado —dijo él tratando de acomodarse nuevamente en la silla—, hay algo que me suena muy mal.

— ¿Qué cosa?

—Se imagina… Armando Murillo nunca había tenido problemas con la ley anteriormente y de pronto lo acusan de narcotráfico.

—Sí, pero has olvidado algo.

— ¿Qué cosa?

—La evidencia Brandon. Recuérdate de la evidencia —dijo el Abogado—. Si no hay evidencia, definitivamente lo tienen detenido ilegalmente. Aunque dudo que ese sea el caso.

—Me pregunto, ¿cuál evidencia? Ya que en la estación de policía, sólo me dieron información de qué lo acusan; pero no mencionaron ningún tipo de evidencia.

—Armas, drogas, cualquier cosa que haya tenido en su poder al momento que lo aprendieron.

—Ya, ¿pero si fuera evidencia falsa?

—No hay evidencia falsa Brandon, ¿conforme?

No había terminado Brandon de contestarle al Abogado, cuando entró un muchacho alto, de piel morena con poco bigote por la puerta del lado izquierdo; era el oficial de turno a cargo del caso de Armando Murillo; con un folder en la mano derecha que aparentaba documentos del proceso y bastante profesional dijo:

— ¡Licenciado!, por favor acompáñeme a mi escritorio.

El Abogado se levantó de la silla de espera y siguió al oficial Judicial a cargo del caso, por un pasillo en el cual el piso reflejaba algunos mosaicos a la antigua. Las paredes se veían de color grisáceo, como oscuro y el escritorio del oficial estaba al lado izquierdo y en el fondo de la próxima sala.

—Tome asiento por favor —dijo él.

Después de leer los documentos del folder que llevaba en la mano, el oficial Rodrigo Fuentes, se dirigió al Abogado en tono confuso.

— ¡Licenciado! —dijo él—. El caso de su patrocinado todavía está en manos de la Policía Nacional Civil y después lo trasladarán al Ministerio Público, así que llevará un poco más de tiempo para que podamos dictaminar qué proceso se le impondrá a su defendido.

—Oficial, sé perfectamente que en estos casos lleva tiempo, pero necesito un informe oficial a la brevedad posible. Y también necesito ver a mi defendido ya que le están violentando su Derecho de Defensa.

—Es por razones de seguridad, que no se le ha permitido ver a su defendido, pero le aseguro que en cuanto sea posible podrá hablar con él.

—Esperemos que sea pronto, de lo contrario tendré que interponer un recurso de Amparo y Exhibición Personal.

—Entiendo —dijo el oficial y agregó viendo los documentos—, le aseguro, que en cuanto el Ministerio

Público remita toda la evidencia y la documentación de su patrocinado, se lo haremos saber.

— ¡A parte de las razones de seguridad!, ¿por qué más tiempo?

—Con certeza... no le podría decir qué está sucediendo en estos momentos porque el informe que tengo está incompleto.

—Ojalá no tenga que esperar hasta la próxima semana.

—Estamos en fin de semana Licenciado, usted conoce las carencias del Organismo Judicial —replicó el oficial un poco ofendido.

— ¿Cómo así? —inquirió el Abogado viéndole de frente.

—Licenciado —dijo él como evadiendo la pregunta y viéndole a los ojos—, es un caso bastante complicado.

— ¡Todos los casos suenan complicados oficial!

El representante judicial, concibió que el Abogado se veía bastante insatisfecho porque no tenía la información específica de su defendido; lo cual no era lúcido, hasta cierto punto antiprofesional y vergonzoso para las instituciones gubernamentales, pero era algo muy familiar que en los juzgados chapines. Ya que en la mayoría de los casos que se ventilaban en los tribunales, siempre había algo que detuviera la investigación o el proceso.

Sin embargo, en un intento por facilitar la conversación y que no siguiera disgustándose el letrado, entre vos baja le dijo:

—A su defendido se le acusa de narcotráfico y posesión de armas de asalto; es la información preliminar que se tiene, pero como le repito, el expediente completo no ha sido remitido. Además — agregó—, en estos casos usted sabe que no hay fianza.

—Entiendo —dijo el Abogado, reclinándose en su silla como pensando y analizando la situación de su defendido.

Por delitos similares al que se estaba presentando en contra de Armando Murillo, se sabía que en algunas ocasiones las autoridades del Organismo Judicial del Municipio de Coatepeque, trasladaban directamente el caso a un Juzgado de la cabecera departamental, para evitarse amenazas e inconformidades con los familiares del detenido, ya que por ser un pueblo chico; muchos oficiales eran conocidos en el área y se prestaba para hechos de corrupción muy a menudo.

—Pues entonces, le notificaremos a la brevedad posible —dijo el oficial.

— ¡Bien! —replicó el Abogado levantándose de la silla un poco perturbado.

Al llegar a la sala de espera, el Abogado le hizo una señal a Brandon para que salieran del edificio. El letrado se veía bastante inconforme.

—No tienen toda la información que se requiere —le dijo algo molesto.

—Pues habrá que darles más tiempo Licenciado —dijo Brandon mientras avanzaban hacia la calle.

—Tenía la certeza de que podía ayudar al muchacho hoy mismo.

—Bueno... no todo está perdido pero debemos esperar. Después podremos utilizar algunas influencias conocidas.

—Sí, pero por el momento, ¿qué le voy a decir a doña Eugenia?

—Bueno ya veremos.

El Abogado sólo volteó a ver a Brandon de reojo y trató de continuar caminando, pero después de unos segundos en el patio del Juzgado dijo:

— ¡Brandon! —dijo, viéndole al rostro y palpándole al hombro—, estás contratado para conseguir cualquier información que nos sea útil. Necesitamos saber qué hay detrás de todo este rollo, estoy seguro que mas de algo hay por ahí que podamos utilizar.

— ¡Claro Licenciado!

— ¡Tienes que tener mucho cuidado!, ya sabes que este caso está bastante delicado y no queremos ninguna sorpresa.

—Tiene toda la razón, pero... ¿por dónde empiezo?

—Pues la información que te dieron no detalla dónde aprendieron a Armando Murillo. Primero hay que ver dónde lo detuvieron; seguidamente hay que ver si hay alguien que haya visto algo, o sepa algo acerca del caso.

— ¡Perfecto!

—Ya media vez sepas dónde lo detuvieron, vete al lugar y con escuela puedes sacar información, mas de algún vecino o peatón pudo haber visto algo. Si necesitas recursos me avisas a la brevedad posible.

— ¡Creo que será un fin de semana ocupadísimo! —bromeó Brandon.

—Entonces comienza hoy mismo.

—Está bien.

—Yo me encargo de la señora —dijo el Abogado.

El Abogado y Brandon Carreto abandonaron el edificio del Juzgado, con la esperanza de que el

Tribunal les notificara más tarde qué proceso le iban a dar a su defendido. Sin embargo, en el sistema jurídico de Guatemala, era muy conocido que la ley funcionaba demasiado lánguida y en ocasiones sucedía deliberadamente.

*****

Ya pasaban de las ocho de la noche, en aquella cantina donde la fiesta había continuado con normalidad después de aquellos alegatos entre consumidores y, todo parecía alegre en el Municipio de Coatepeque.

La oscuridad empezaba a tomar formalidad en aquella húmeda ciudad, la lluvia había mermado y toda la clientela del negocio esperaba lo mejor de la disco.

Los mariachis cantautores, se habían bajado del escenario y estaban saludando a algunos consumidores en la taberna después de su alegre actuación. Algunos extendían saludos y otros abrazos a clientes que les conocían y que los felicitaban.

Los músicos a cargo del bajo, se encontraban todavía en la tarima resguardando los grandes instrumentos de cuerda para luego retirarse de la fonda.

También, los técnicos de la disco, se habían subido al escenario para conectar algunos cables al amplificador de sonido que seguidamente utilizarían.

En un abrir y cerrar de ojos, se oyeron varios disparos de arma de fuego en las afuera del negocio.

— ¡Al suelo!¡Al suelo! —se oían diversos gritos.

Los clientes que fumaban en los contornos de la fonda, corrieron a toda velocidad hacia la cantina para resguardarse del tiroteo y los consumidores que estaban adentro, se lanzaron al piso y otros se tiraron debajo de las mesas para no ser alcanzador por las descargas de proyectiles.

El ataque armado fue bastante rápido y desde un automóvil en movimiento. Nadie creía lo que estaba pasando, la fiesta se había convertido en un caos total.

Luego de los disparos, se veía el cuerpo tendido de una mujer joven justo en las gradas de la entrada a la cantina; al parecer la muchacha era conocida por algunos clientes. Otros usuarios y chicas que la reconocieron, corrieron en su auxilio porque no respiraba normalmente y había perdido el conocimiento.

Don Agapito corrió hacia afuera y gritaba:

— ¡Llamen a los bomberos! ¡Llamen a los bomberos!

— ¡Llamen a los bomberos! —gritó otra muchacha.

— ¿Hay alguien que sepa de primeros auxilios? —preguntó a gritos don Agapito bastante nervioso.

— ¡Yo! —dijo una muchacha corriendo con sus tacones altos entre la multitud—, denme espacio señores.

Lo primero que le chequeó fue el pulso.

— ¡El pulso lo tiene muy débil! —dijo ella agarrándole la mano a la víctima y haciendo uso de sus conocimientos de enfermería.

— ¡Haga lo que sea señorita! —dijo don Agapito bastante nervioso—, esta chica no se puede morir.

—Ya perdió mucha sangre.

La multitud, no se movía de la escena y se sentía bastante aglomeración en la circulación del aire.

— ¡Señores den espacio por favor! —dijo don Agapito—.¡Necesitamos que esta mujer pueda respirar!

— ¿Cree que se salve? —preguntó don Agapito.

— ¡No lo sé!,¡no lo sé.

— ¿Cómo te llamas?

—Nora Domínguez, ¡creo que la estamos perdiendo! —dijo ella poniendo presión al cuerpo de la mujer—, no le puedo detener el sangrado.

Nora Domínguez, trabaja de enfermera auxiliar en una clínica privada del Municipio, no siempre visitaba la taberna El Valiente, aunque le gustaban los eventos alegres; sin embargo, jamás se imagino que se vería en tremendos apuros durante una fiesta; en especial en aquella cantina.

La chica continuó auxiliando a la víctima, más que todo tratando de evitar que se desangrara completamente.

— ¡Necesitamos más toallas! —dijo ella.

— ¡Mas toallas! —grito don Agapito.

La mujer apenas podía contener los ojos abiertos. Lo único bueno de aquella situación era que ya se oían las sirenas de las ambulancias que se estaban acercando al lugar de la tragedia.

Cinco

El Comisario policial de Coatepeque, Roberto Fuentes, conjuntamente con algunos oficiales muy cercanos a su posición; entre ellos el oficial Benjamín Navarro, se habían dado a la tarea de buscar a los criminales de la región que según ellos, consideraban responsables directos de los últimos atracos y balaceras en el Municipio.

La decisión de hacerle frente al crimen organizado con mano dura, la había tomado el Comisario meses anteriores; durante el funeral de un su familiar que había sido víctima de la delincuencia local y, el jefe policial ya estaba harto de que la dirección de la policía departamental, no le asignara los recursos que él había solicitado para combatir la desmedida violencia en aquella región de Guatemala.

Roberto Fuentes, era el tradicional Comisario chapín a la antigua, un hombre bastante frío, para él no cabían las excusas del porque los muchachos a temprana edad se asociaban con vagabundos y después terminaban metiéndose en problemas con la ley ya que venía de familia militar. El varón ya andaba por sus 50 años de edad, era alto, con bigote bien recortado demostrando que se rasuraba a diario. Su vos era algo ruda y de caminado recto; también ya pintaba algunas canas. En su vocabulario no existía la palabra consideración a los supuestos delincuentes y, es por eso que en oportunidades faltaba al reglamento de los derechos humanos de los detenidos. Además, no era muy bien visto por algunos vecinos que les gustaban los negocios mal habidos en la comunidad, algunos le tenían pánico; también ciertos delincuentes comunes y organizados lo querían ver muerto.

En uno de sus intentos por recabar información de las últimas balaceras en el Municipio de Coatepeque, el Comisario había empezado a cuestionar a uno de los detenidos que guardaban prisión preventiva mientras solucionaba su situación jurídica.

Esa mañana de sábado, el Comisario había ordenado al oficial Benjamín Navarro que llevara al detenido Armando Murillo a un cuarto trasero de la comisaria para interrogarlo, sin importarle que el detenido tenía el derecho a guardar silencio y el auxilio de su Abogado presente.

Armando Murillo, no opuso resistencia al traslado hacia la parte trasera del edificio en parte porque no sabía cuáles eran las intensiones del Comisario; él creyó que sería trasladado algún lugar para reunirse con su defensor y asesorarse de su caso. Así que engañosamente, lo llevaron a un cuarto oscuro donde había una mesa de madera bastante vieja y maltratada que dictaba algunas atrocidades que los detenidos sufrían en ese lugar. El piso del recinto, no tenía color más que algunas manchas sombrías que conferían con la oscuridad del ambiente.

El oficial Benjamín Navarro, llevó a Armando Murillo, al cuarto de cuestionamiento, simplemente lo sentó y lo aseguró a la mesa para que no pudiese escapar. El oficial Navarro, no formaba parte de esos interrogatorios extrajudiciales, pero coincidía con las ideas de su jefe. Así que dejó solo al detenido en aquel sombrío recinto por unos segundos mientras llegaba el Comisario.

Medio minuto después, llegó el jefe al oscuro cuarto y con un carácter casi endemoniado, portando una macana de madera en su mano derecha y sin tantos titubeos interrogó al consignado de mala manera.

— ¡Ahora mismo me vas a decir quiénes son tus cómplices! —dijo él con vos de mando y bastante furioso.

— ¡No sé de qué me habla oficial! —respondió Armando Murillo de cierta manera asombrado y volteándose a verlo.

El Comisario se mantuvo de pie todo el tiempo, casi temblaba de la bravura que se cargaba en aquel cuarto sombrío, no le quitaba la vista al preso, como intimidándolo y amenazándolo a que confesara todas sus acciones cometidas en contra de la ley.

— ¡No te hagas del tonto! —dijo somatando la macana de manera brutal a la mesa—, ya tengo información que vos y tus cómplices están tratando de imponer un nuevo mercado de drogas en este pueblo.

— ¿Qué mercado? —respondió Armando Murillo entrecortado—, yo solo quiero ver a mí Abogado.

— ¡Si claro… tu Abogado!, no estoy tan seguro que te vayas a zafar de este lío tan fácilmente; no importa quién te ayude.

— ¡Comisario lo que yo exijo es ver a mi Abogado! —reclamaba Armando Murillo ya preocupado.

— ¡Ahora muy exigente me saliste! —le respondió el Comisario en tono sarcástico y viéndole de frente.

— ¡Comisario! —dijo él ya bastante enardecido—, si no veo a mi Abogado en seguida, haré público que me está torturando.

— ¡Pues ahora resulta que hasta los criminales dictan qué hacer a las autoridades! —dijo bastante enojado.

— ¡Yo solo exijo mis derechos!

— ¡No hay cuidado! —dijo el Comisario, tratando de calmarse—, la verdad tarde que temprano saldrá a luz.

— ¡Entonces quiero ver a mí Abogado!

El Comisario, no dijo ni una sola palabra mas, salió de aquel cuarto oscuro y dejo al detenido con los grilletes puestos y atados aquella mesa.

*****

La Policía Nacional Civil de Coatepeque, había arrestado a doña María y don Agapito Hernández por operar un negocio desmesuradamente escandaloso y dañino para el Municipio. Según algunos vecinos inconformes, el establecimiento era perjudicial para la seguridad del pueblo ya que a parte del bullicio de cada fin de semana, siempre ocurrían incidentes como el de la noche anterior y también se rumoraba que en esa cantina se realizaban negocios irregulares y en contra de la ley.

En oportunidades anteriores, los vecinos más cercanos a la taberna "El Valiente', habían interpuesto varias quejas ante el Ministerio Público de Guatemala, para que el establecimiento fuera cerrado por causar estragos a la sociedad y los demandantes estaban hartos de tanta violencia en su comunidad. Sin embargo, las autoridades que contenían la jurisdicción de ese punto del pueblo, hacían sus rondas y en ocasiones habían inquirido pruebas de los alegatos, pero jamás encontraron alguna evidencia de que el negocio era algo dañino para la ciudad; así que las quejas siempre habían sido ignoradas por las autoridades competentes.

Los dueños del negocio no estaban sorprendidos de los delitos que se les acusaba, tampoco pusieron resistencia al arresto ya que en tiempos anteriores había sucedido la misma cosa, y tampoco les habían imputado una infracción que tuviera qué ver con el comportamiento de la clienta; ya que era sabido por muchos que el licor siempre atraía problemas.

Don Agapito no mostraba señales de preocupación durante su detención, ya que afortunadamente sólo una persona fue la que resultó herida en las gradas de su negocio. Sin embargo, el arresto de ambos era el protocolo que la policía tenía que seguir, para que después ellos solventaran su situación jurídica ante los oficiales del Juzgado de turno porque el Juez competente por lo general no atendía casos relacionados al disturbio de la ciudad en la primera declaración.

Don Agapito, había llamado al Abogado Rural para que los ayudara con ese incidente, como no se trataba de un caso de alta peligrosidad o fuga; el Abogado había inquirido una audiencia ante los oficiales del Juzgado de Primera Instancia Penal, para el pago de la fianza. No era la primera vez que ayudaba a los Hernández en situaciones similares. Además, El Abogado Rural era cliente esporádico de la cantina "El Valiente", y también compadre de don Agapito y su esposa.

Pasado el medio día, el Abogado Rural se apersonó al edificio del Juzgado en aquella ciudad que parecía haber vuelto a la calma.

— ¡Compadres! —dijo el Abogado extendiéndole un abrazo, primero a don Agapito y luego a doña María.

— ¡Gracias por venir compadre! —respondió él.

—Compadre… —dijo el Abogado—, en este caso, es cuestión de esperar a que llegue el oficial y se pueda comunicar con el Juez.

—Sí… gracias compadre —dijo doña María—, pues ya ve en este caso nosotros sólo trabajamos con el negocio. No era para tanto.

—Es cuestión del reglamento que ellos aplican comadre, los agentes que los detuvieron, sólo cumplían con sus deberes.

Los policías que custodiaban a la pareja, también conocían a los dueños del negocio, así que ese caso no era de preocupación y ese mediodía sólo aguardaban la espera del oficial de turno por ser fin de semana.

Minutos más tarde, se asomó un oficial interino del Juzgado de Primera Instancia Penal del Municipio. El muchacho era chaparrito, caminaba algo ligero, moreno, con poco bigote, de vos muy suave, de pelo corto, color negro, muy sencillo y amable.

— ¡Licenciado tome asiento por favor! —dijo él.

El Abogado colocó su maletín en el piso.

—Sus defendidos han sido detenidos por colaboración para la comisión de delitos en contra de la seguridad de las personas —señaló el oficial.

El Abogado lo vio bastante extrañado.

— ¿Esto una broma verdad? —replicó él.

— ¡Licenciado! —dijo el oficial, reclinándose en su escritorio—, desafortunadamente una persona resultó gravemente herida en la afueras del negocio.

— ¡Oficial! —replicó el Abogado rápidamente antes que siguiera hablando el representante del Organismo Judicial—, mis clientes sólo son los dueños del negocio, ellos no tuvieron absolutamente nada que ver con ese incidente.

— ¡Licenciado!, hay algo que se le está olvidando.

— ¿Qué cosa?

—Sus patrocinados se han visto envueltos en situaciones similares a esta, no es la primera vez que sucede algo así en ese negocio.

—Cada caso es diferente.

— ¡Lo sé!, pero esta vez hay una persona herida con arma de fuego y la policía continúa con la búsqueda del agresor.

—Estoy de acuerdo que el Estado quiera proteger la seguridad del pueblo, pero considero que a mis defendidos no se les puede imputar un delito de esa naturaleza; más bien es una infracción.

—Para el Estado, la seguridad de las personas es importante Licenciado.

—Está bien —dijo el Abogado—, no tengo voluntad de discutir con sus argumentos, ¿cuánto es lo que este Juzgado requiere de fianza?

—Sus patrocinados quedarán en libertad con el pago de la multa, pero el negocio queda clausurado temporalmente.

— ¡Pues eso lo veremos oficial! —dijo el Abogado.

*****

La tarde de sábado, después de permanecer un poco más de un día en silencio, al fondo de la galera, casi al final del costado de Aldea El Alto; los muchachos se habían recuperado livianamente; habían estado tomando unas cervezas y discutían un plan de doble intensión. A parte que a los jóvenes se les veía de dudosa procedencia, también se dedicaban al robo, asalto y compra venta de estupefacientes en esa región, pero en ese preciso momento, el propósito de la conversación era deshacerse de uno o algunos testigos, o eliminar a alguien que ellos consideraban que tenía información en contra su contra que los podría llevar a muchos años de prisión si hablaba.

Sin embargo, el jefe de la banda tenía la esperanza de que uno de los personajes que se encontraba detenido, no abriera la boca para delatarlos, ya que hacía más de 24 horas que, ellos habían provocado la balacera en contra de otro grupo por el botín de drogas que no se había llevado bien en la transacción.

El cabecilla de los delincuentes, era un hombre bastante rudo, poco conocido; algunos de sus cómplices más cercanos sólo lo llamaban por Kike. Era un tipo moreno, alto, sin barba y bigote, prepotente, aparentaba unos 32 años de edad; siempre vestía tipo vaquero presumiendo su 45 escuadra de marca *Glock*. El tipo no transitaba muy seguido en el Municipio, ni mucho menos en los pueblos aledaños y cuando lo hacía, siempre iba acompañado de sus guaruras y viajaba en carros último modelo.

Kike, no quería más errores en sus negocios, ni mucho menos dejar cabos sueltos; así que esa tarde en aquella galera, se había prestado a dar instrucciones específicas a sus compinches para averiguar por todos los medios; qué había dicho el detenido y quién lo iba a defender ya que las malas noticia corrían como agua en aquella región de Guatemala.

La banda, había decidido asegurar que la información fuese silenciada a toda costa, caso contrario; los miembros del grupo delictivo tendrían que eliminar a los que hablaran. Así que la misión había sido encomendada al forajido Juan Monzón, alias "El Picolino", quien era uno de los hombres más apegados a Kike, ya que siempre lo aconsejaba en sus misiones de negocios. El muchacho era fiel y dedicado a ese tipo de trabajo, también tenía conocimiento de algunas autoridades en el Municipio de Coatepeque.

El Picolino, era un tipo de mediana estatura, moreno y bastante impredecible cuando se trataba de conseguir información, él siempre buscaba el bienestar de su grupo fuera lo que fuera. Aunque a veces, no cumplía con lo prometido a los informantes y algunos terminaban metiéndose en problemas con la ley u otros bandos por ayudarlo, pero Kike tenía la plena confianza de que con el Picolino al mando, pudiesen realizar el plan formulado aquella tarde.

— ¡Queremos información acertada a mas tardar el día de mañana! —dijo Kike en tono bastante acelerado—, no podemos esperar toda la semana, así

que hagan lo que tengan que hacer pero que sea...
¡Ya!

—Kike, yo nunca te he quedado mal —dijo el Picolino.

— ¡Por eso mismo! —dijo Kike—, esta vez quiero que tengan mucho cuidado a quién cuestionan. No queremos más confusiones.

— ¡Como tú digas Kike! —dijo él, sosteniendo su arma de fuego al cinto, <una pistola marca *Bereta* 40 milímetros, color negro>.

—Quiero recolectar toda la información exacta para que así podamos proceder con cautela. Utiliza tus conexiones.

— ¡Falta más Kike! —dijo el Picolino, buscando las llaves de la camioneta en el bolsillo de su pantalón del lado derecho—, ya tengo en mente a quienes voy a visitar primero y creo que no me fallará.

— ¡Manos a la obra Picolino! —dijo Kike palpándole al hombro—, no tarden mucho y nada de andar chupando en el pueblo —finalizó.

El Picolino, era un muchacho que había crecido en la miseria, él venía de familia muy humilde, desde pequeño ayudaba arduamente a su padre en trabajos agrícolas en el campo, pero cuando tuvo la oportunidad de conocer a unos bandoleros de su cantón que le habían ofrecido la oportunidad de salir de su infortunio; el muchacho no dio marcha atrás, se unió a la banda hasta llegar a conocer a Kike, quien le dio empleó como seguridad personal y con el tiempo lo tomó como su mano derecha.

El Picolino, ya estaba acostumbrado a tomar literalmente las órdenes de Kike, no sólo porque era su mano derecha, sino también estaba dispuesto a morir por su jefe. Así que con otro muchacho que apenas empezaba a compartir con la banda, se subieron a una camioneta todo terreno, de modelo reciente, marca *Mitsubishi,* de color gris y salieron rumbo al casco urbano del Municipio de Coatepeque.

Seis

El domingo por la mañana, el Abogado Rural había asistido al partido de fútbol entre el Deportivo Coatepeque y el Deportivo San Pedro en el estadio del Municipio. Entre esos dos equipos, siempre habían existido rivalidades desde décadas anteriores. Cada vez que jugaban, el partido se tornaba intenso, alegre por ratos, lleno de gritos que animaban a los dos equipos y también llenos de insultos con vulgaridades extremas entre ambos bandos de porristas.

De cierta manera, cualquier evento deportivo era algo riesgoso en esa región de Guatemala, ya que muchos aficionados de las dos escuadras, nunca estaban conformes con el marcador de sus equipos y terminaban por armar peleas a gran escala en el estadio o en sus alrededores; aunque no sucedía todas las veces.

El Abogado Rural, siempre se había sentido bastante cómodo en los graderíos de la general sur del estadio, ya que era un ambiente al extremo. En esa sección del campo se ubicaban algunos de sus clientes, vecinos y tenía muchos conocidos que asistían a ver el evento competitivo que también era animado por una disco local.

Pocos minutos habían pasado de que el letrado se había sentado junto a unos muchachos de su barrio, cuando comenzó la bulla de la antesala.

— ¡Y es que hoy los tres puntos se quedan en casa señores! —dijo el *dj*—, a menos que usted no sea coatepecano.

— ¡Coatepeque! ¡Coatepeque! ¡Coatepeque! ¡Coatepeque! —se oía a todo pulmón y hasta con eco en aquel estadio.

— ¡Verdad que si señores y, que levante la mano quién no quiere que el deportivo gane hoy en casa! ¿Quién?

Nadie levantó la mano.

— ¿Verdad que si queremos los tres puntos?

— ¡Sí!

— ¿Quién dijo no? —bromeó el *dj*.

Al paso de los minutos, los árbitros se habían ubicado en sus posiciones en el medio de la cancha y al sonido del primer pitazo, daba por comenzado el mencionado partido de fútbol, donde el equipo de casa corrió a posicionarse en la arena deportiva.

Los locales empezaron a buscar algunas oportunidades por la banda derecha con bastante velocidad. Sin embargo, los muchachos del Deportivo San Pedro también habían llegado hacer lo suyo y no daban oportunidad a que el balón se acercara a su área, pero no intentaban contragolpear tampoco.

El partido se había tornado un poco peliagudo ya que el equipo coatepecano, trataba de llegar a la portería contraria, pero la defensa no daba espacios para lograr un contra ataque y los minutos comenzaban a correr.

— ¡Vamos Coatepeque! —empezó la ovación a darle porras a su equipo—, ¡vamos Coatepeque!

En momentos, algunos aficionados se habían puesto de pie; sólo para confrontar disgustos por algunas malas jugadas de su equipo, ya que al atravesar el medio campo, el equipo contrario no les permitía centrar el balón con comodidad y eso les dificultaba acarrear peligro al área del equipo visitante.

— ¡Hay que mandar pases más largos mucha! —gritó el Abogado Rural—, no hay que perder la bola.

— ¡Coatepeque! ¡Coatepeque! ¡Coatepeque! — continuaban los seguidores, animando a su equipo.

Con el paso de los minutos, el equipo local había logrado un buen centro desde el medio campo, que tomó al equipo rival por sorpresa. La delantera de Coatepeque a toda velocidad y con balón rebotado, logró vencer al último defensa del equipo de San Pedro y el volante local aprovechó quedando solo frente al guardameta visitante quien lo engañó con un potente disparo de pie derecho y en un abrir y cerrar de ojos el equipo coatepecano había metido su primer gol.

— ¡Gol! ¡Gol! ¡Gol! —se oía en todo el estadio.

Los aficionados más allegados a su escuadra brincaron de la emoción, levantaron las manos y gritaban:

— ¡Coatepeque! ¡Coatepeque! ¡Ra! ¡Ra!

Otros concurrentes al evento, se abrazaron mientras miraban al equipo celebrar el gol que los ponía arriba en el marcador de momento.

El sonido de la disco retumbaba con música de júbilo local y todo mundo no paraba de aplaudir y gritar en el estadio.

Antes que diera el minuto 40 del primer tiempo en el juego, se asomó a la arena deportiva, Brandon Carreto luciendo su camiseta roja en apoyo al equipo de Coatepeque. El muchacho se sentó en los graderíos justo a la par del letrado para saludarlo; se acercó a su jefe y le dijo algo al oído.

Durante el descanso del medio tiempo en el juego, el Abogado Rural y Brandon Carreto, abandonaron el graderío del campo de fútbol y se subieron a la camioneta del jurista.

*****

El Picolino había aparcado su camioneta en un establecimiento de comida cerca de la estación de la Policía Nacional Civil de Coatepeque. A su arribo, había llegado al restaurante de doña Lupita Trabanino, ya que era muy conocido en el Municipio por sus platillos típicos. <Carne asada al carbón, con frijoles y chirmol>.

El comedor era frecuentado a menudo por muchas personalidades de diferentes clases de la región, ya que se encontraba ubicado en una concurrida avenida del Municipio de Coatepeque.

El Picolino y su compinche, habían ordenado algo de comer esa tarde para tratar disimuladamente de socializarse con algunos clientes que almorzaban en el negocio y lograr recabar la información que les había sido encargada por su jefe.

Anteriormente, el Picolino y su cómplice, habían dado varias vueltas al casco urbano de la ciudad sin encontrar ninguna pista de su objetivo, pero al entrar a dicho restaurante habían llegado al lugar que necesitaban.

La casa alimenticia de doña Lupita Trabanino, había sido un lugar bastante clave para algunos clientes que buscaban información, ya que aparte de encontrarse situado en las proximidades de la estación de policía, al comedor frecuentaban algunos muchachos que siempre mantenían los oídos abiertos de lo que sucedía en el recinto policial y, se daban a la tarea de andar chismeando cosas que ocurrían en el Municipio.

La platicadita en el mencionado restaurante, era más frecuente cuando se trataba de algún conocido o personas que habían estado acumulando fructíferas ganancias de la noche a la mañana y, que por infortunio terminaban en la desgracia o en manos de las autoridades.

— ¡Tú come!, que yo platicaré con el muchacho del mostrador —le dijo el Picolino a su compinche.

— ¿No sería mejor ir directamente a preguntarle a la dueña del negocio? —respondió él en vos baja.

—Por el momento… no —dijo el Picolino.

—Está bien, ¡como tú digas!

El compinche del Picolino, era un muchacho bastante desconocedor del negocio y en parte tenía razón, ya que apenas principiaba a familiarizarse con las transacciones que la banda realizaba en la región. El Picolino le tenía un poco de confianza, pero consideraba que todavía le falta experiencia y mucho tiempo para conocer todos los movimientos que el grupo delictivo perpetraba.

El Picolino, llamaba a su ayudante únicamente por Checha, por razones no establecidas, no había dado a conocer su verdadero nombre u apellido; era mediano de estatura, algo flaco, de tez morena, ojos negros, pelo negro, sin barba, aparentaba de unos 22 a 25 años de edad y siempre fumaba.

Diez minutos después, el Picolino había logrado entablar charla con uno chico que frecuentaba el restaurante, hasta una cerveza le había invitado y parecía que se quedaría unos minutos en el mostrador tratando de socializarse y de sacar información ya que el muchacho había caído fácilmente.

Más tarde, el Picolino regresó a la mesa para terminar de almorzar junto a Checha y haciéndole ademanes para que apagara el cigarro que estaba fumando. Al sentarse en voz baja le dijo:

— ¡Te das prisa para comer ya que tenemos que corroborar una información que me acaban de dar!

— ¿Qué información?

— ¡Mejor almorcemos rápido!, después te digo — dijo el Picolino agarrando el plato que doña Lupita les había servido.

— ¿Y no le vas a preguntar nada a la señora del restaurante?

—Creo que no la necesitamos.

— ¡Tú dirás!

—Sí, es mejor que nos vayamos en cuanto antes de aquí, la información es caliente, ¡así que date prisa!

El Picolino sacó un billete de 100 Quetzales de su cartera, lo dejó en la mesa y a toda prisa, Checha y él salieron del negocio, se subieron al vehículo y dieron marcha.

Siete

La mañana de lunes, Armando Murillo había sido llevado frente a los oficiales del Juzgado de Primera Instancia Penal y Delitos contra el Ambiente del Municipio de Coatepeque, para tomar su primera declaración; además le sería informado por qué estaba detenido y se le haría de su conocimiento los cargos que se le imputarían más adelante. <Posesión de armas de asalto y tráfico de drogas>.

El edificio del Tribunal que llevaba el asunto jurídico de Armando Murillo, se había colmando de policías del Sistema Penitenciario y agentes de la Policía Nacional Civil bajo el mando del Comisario Roberto Fuentes. También habían sido agregados algunos oficiales del ejército local, quienes bajo fuertes medidas de seguridad, se habían dado a la tarea de custodiarlo porque se tenía el temor de que alguien pudiera lanzar un ataque imprevisto que lo pudiera rescatar de las manos de las autoridades o, intentara darse a la fuga durante su transportación ya que esos hechos también eran muy conocidos en esa región de Guatemala.

El proceso que se llevaba en contra de Armando Murillo no sería muy fácil, también se rumoraba que algunos oficiales del Organismo Judicial, habían suplicado al Juez y a un fiscal del Juzgado competente para que el caso fuese trasladado concisamente a la cabecera departamental de Quetzaltenango; en parte porque no querían un caso de alto impacto en aquella ciudad tan chica.

Los oficiales a cargo del proceso en contra de Armando Murillo, habían tenido el suficiente tiempo para ser instruidos y, que de manera objetiva le comunicasen a la defensa del detenido, que en su caso no se le podía otorgar ningún tipo de fianza, así que seguiría bajo la custodia del Estado hasta que la fiscalía de Coatepeque le imputara los cargos formalmente o, el aprehendido fuese trasladado a otra instancia.

El Abogado Rural, se había presentado puntualmente a la cita, en defensa de Armando Murillo, recomendado por Brandon Carreto y contratado específicamente por doña Eugenia de Murillo.

Antes de que comenzara el cuestionamiento judicial, el jurista, se tomó un tiempecito para presentarse ante su defendido y plantearle algunos consejos legales previamente a enfrentar a los oficiales del Organismo Judicial, ya que anteriormente sólo le habían dado unos minutos para conocer a su patrocinado.

Ya en las vísperas del interrogatorio, el Abogado se aseguró de comunicarle a su cliente que mantuviera silencio el mayor tiempo posible durante el cuestionamiento por tratarse de un caso de alto impacto y, cualquier cosa que dijera podía ser perjudicial para lograr su libertad.

—Armando —dijo el Abogado—, como te había dicho anteriormente, tú madre me ha contratado para tu defensa y estoy para servirte.

— ¡Gracias Licenciado! —dijo él—, ¿qué posibilidades tengo de salir libre?

—Armando —dijo el jurista, viéndole a los ojos—, este caso es muy complicado, ya leí los cargos que el Ministerio Público tiene planeado imponerte, así que es mejor que guardes la calma y te mantengas callado.

—Licenciado, creo que todo esto es una confusión.

— ¿Por qué confusión?

— ¡La droga!, las armas, ¡yo no tengo nada que ver con eso!

—Armando, el Ministerio Público, recibió el informe de la policía que te habían arrestado en posesión de esas armas y la droga.

—Entonces… ¿qué me sugiere que diga?

— ¡Escúchame bien Armando!

— ¡Dígame!

— ¡Simple y sencillamente no digas nada! —dijo el Abogado—, a menos que yo te indique, ya que los oficiales están buscando cualquier pretexto para mandarte a Xela y eso complicaría más tu caso.

La sala jurídica continuaba repleta de seguridad, se sentía un nerviosismo bastante crecido esa mañana, algunos casos penales menos complejos los habían dejado para la tarde y así no confundir a nadie.

Al paso de los minutos, se presentaron tres oficiales del Organismo Judicial de Guatemala; uno de ellos, con alto rango.

— ¡Buen día Licenciado, continúe en su asiento! —dijo un oficial, con vos bastante sólida y portando los documentos en la mano derecha.

El Abogado se volteó dando la frente a los oficiales judiciales que iban a emprender el interrogatorio, pero de re-ojo observó a los guardias del Sistema Penitenciario, que no apartaban la vista del detenido.

De los tres oficiales, el que tenía más tiempo en el mencionado Juzgado tomó la palabra sosteniendo el Código Penal con la mano derecha. Se sentó en su escritorio y se dirigió al detenido.

— ¡Señor Armando Murillo! —dijo él, viéndolo a los ojos y en tono fuerte—, ¡el Ministerio Público de Guatemala lo acusa de posesión de armas de grueso calibre y tráfico de drogas! ¿Qué tiene que decir al respecto?

El Abogado medio levantó la mano y la sostuvo sobre los hombros del detenido como indicándole que no hablara.

— ¡No tienes que contestar a la pregunta! —dijo él.

— ¡Licenciado! —dijo el oficial—, si su patrocinado tiene algo que decirnos, es mejor que lo haga ahorita.

El que tenía la palabra, era un oficial del Juzgado bastante preparado. El muchacho estaba por graduarse de la carrera de Ciencias Jurídicas y Sociales en una universidad privada del país. Era un joven bastante dinámico y se sabía el Código Penal y Procesal Penal casi de memoria.

— ¡Licenciado! —volvió a decir el oficial viéndoles de frente—, si su patrocinado no coopera, me veré en la obligación de pedirle al Juez competente que el caso sea traslado a la cabecera Departamental.

— ¡Oficial! —respondió el Abogado defensor—. Se le olvida que a mi patrocinado lo tuvieron detenido ilegalmente en un cuarto bastante oscuro donde le privaron de sus Derechos Constitucionales.

— ¡Licenciado! El Organismo Judicial no tiene ningún tipo de información de lo que usted menciona —dijo el oficial en tono sólido.

— ¡Oficial! Mi patrocinado fue sometido a interrogatorio ilegal por agentes de la Policía Nacional Civil, lo tuvieron más de 24 horas sin comunicación con su Abogado defensor y ahora me dice, ¿que no tiene información de eso?

—Licenciado con todo respeto, pero yo sólo cumplo con la ley y mi deber es percatarme que no haya ningún inconveniente para que su defendido sea procesado conforme a Derecho por este Juzgado.

— ¡Oficial!, aquí nadie tiene nada en contra suya o del Organismo Judicial, les sugiero que proceda conforme a la ley.

— ¡Pero su cliente tiene que colaborar con nosotros!

— ¿Qué es lo que necesita oficial?

—Información.

— ¿Qué tipo de información?

— ¿Quiénes son sus cómplices? ¿Por qué el enfrentamiento armado?

— ¡Un momento! —dijo el Abogado.

Sin embargo, el oficial no detenía el cuestionamiento y continuó con la indagatoria casi simultáneamente.

— ¿Con qué banda estaban pelando? ¿Dónde y quién les proveyó toda la droga que les fue incautada?

— ¡Oficial! —dijo finalmente el Abogado defensor tratando de detener el cuestionamiento judicial—, creo que está exagerando en sus preguntas. Mi defendido no tiene ni la menor idea de lo que está usted preguntando.

— ¡Y entonces!, ¿cómo explica la droga que le fue confiscada? ¿Las armas que tenía en su posesión cuando lo arrestaron?

Armando Murillo mantuvo silencio casi todo el tiempo, pero al oír el tipo de cuestionamiento, trató de decir algo; sin embargo, el Abogado defensor lo detuvo, se inclinó hacia él y le dijo algo al oído.

— ¡Oficial...! —dijo el defensor—, mi patrocinado no tiene ninguna información que le pueda servir.

—Como le dije anteriormente Licenciado, si su patrocinado no coopera, no lo podemos ayudar.

—En eso estoy de acuerdo.

— ¡Pues entonces que hable!

—Lo hará cuando esté frente a un Juez.

Los oficiales de Juzgado se vieron la cara el uno al otro, como en señal de confusión y detuvieron el cuestionamiento señalando algo.

—Licenciado —dijo uno de ellos—, tomaremos un pequeño receso, mientras tanto por favor no se muevan de sus asientos.

Los oficiales abandonaron la sala de cuestionamientos; no antes sin advertir a los guardias de seguridad, el resguardo del detenido.

El detenido se avocó a su defensor.

—Licenciado —dijo Armando Murillo volteándose a su Abogado—, espero no retrasen mas mi caso.

— ¡Mira Armando! —dijo el defensor hablándole en tono serio—. Creo que aún no tienes ni la menor idea de lo que te están acusando.

— ¡Pues la verdad no!, pero lo que quiero es que los convenza a que me den fianza y así poderme ir a casa.

— ¡Mira...! No hay fianza por el delito de posesión de drogas y armas de fuego de uso exclusivamente del ejército. ¡No te irás a casa! Yo... haré todo lo que esté en mi poder para defenderte conforme a la ley, pero tengo demasiadas limitaciones con tu caso.

Armando Murillo guardó silencio y agachó la vista hacia el escritorio, como comprendiendo que el proceso estaba en mano de las autoridades y sus fechorías habían ido más allá de lo que él jamás se imaginó.

Al paso de los minutos, los oficiales volvieron a sus asientos y el que llevaba el control del proceso, le dijo al detenido y a su Abogado que la audiencia se daba por concluida mientras alcanzaban un acuerdo entre las autoridades competentes.

Los guardias del Sistema Penitenciario, removieron al detenido de la sala jurídica y lo condujeron al preventivo del Municipio, hasta nueva orden.

*****

Ya había pasado cinco minutos de las cuatro de la tarde; el teléfono de la oficina del Abogado Rural continuaba timbrando, su secretaria Vilda Gómez entre corriendo por algunos documentos contestó.

— ¡Oficina del Abogado Rural!, ¿en qué le puedo ayudar?

Era una vos masculina que hablaba al otro lado de la línea.

—Señorita —dijo él—, soy Abraham Vásquez, técnico en dactiloscopia de la ciudad de Quetzaltenango.

—Dígame, ¿en qué le puedo servir?

—Necesito hablar con su jefe a la brevedad posible por favor.

—Disculpe Abraham, pero el Abogado no se encuentra en la oficina en estos momentos, tal vez más tarde —dijo ella—, pero si tiene algún mensaje; yo se lo doy en cuanto llegue a la oficina.

92

— ¡Eh...! Sí, señorita le llamo para informar que los resultados de dactiloscopia del detenido Herman Pérez, fueron remitidos esta mañana al Juzgado de Primera Instancia Penal de Coatepeque.

— ¡Perfecto! ¿Tiene alguna copia que me pueda enviar por favor?

—En seguida se la mando seño, pero infórmele a su jefe que los resultados de dactiloscopia salieron favorables al detenido.

— ¡Suena de maravilla!, en cuanto el Abogado llegue a la oficina le doy su mensaje y gracias por llamar.

—Sí..., pero por favor le indica que me llame inmediatamente.

—Está bien, no se preocupe, yo le digo hasta luego.

*****

El Picolino se sentía con ánimo de celebración esa tarde, ya que había logrado corroborar parte de la información obtenida el día anterior, y se aprestaba a rendir el informe cabal a Kike en la Aldea El Alto.

La pesquisa delincuencial, no había sido del todo completa ya que faltaban algunos puntos clave, pero había logrado dar dónde tenían detenido a Armando Murillo y quiénes contribuían en su defensa.

Apenas había puesto un pie fuera del automóvil en el que viajaba, Kike con su carácter rudo y directo preguntó:

— ¿Dónde lo tienen?

— ¡Te vas a reír! —dijo el Picolino.

— ¿Cómo así?

— Sí, aquí mismo lo tienen en Coatepeque.

— ¡Caramba! No creí que fuera más fácil de lo que tenía pensado —dijo él como entre bromeando.

— ¡Te lo dije!

—Pues… si tienes razón.

— Ahora… ¿qué es lo que quieres que hagamos?

— ¡Pues por el momento nada Picolino! —dijo él como burlándose—, nada más que creí que teníamos que pedir ayuda a los demás socios, pero tratándose de Coatepeque…

— ¿Coatepeque qué Kike?

— ¡Nada! ¡Olvídalo!

— ¿Y entonces?

— ¡Mejor tráeme una cerveza, que esto es para celebrar! —dijo Kike.

— ¿Fría o al tiempo? —dijo Picolino en tono de risa.

Ocho

Eugenia de Murillo, se encontraba en la oficina del Abogado Rural, rogando por la libertad de su hijo. La señora se había enterado de que a su muchacho, no se le había otorgado ningún tipo de fianza como en un principio se suponía.

— ¡Licenciado! —dijo ella angustiada—, ¡yo confié en las palabras de Brandon Carreto y él me prometió que mi hijo quedaría libre!

—Lo sé doña Eugenia —respondió el jurista en tono compasivo—, pero ese día las autoridades no brindaron mayores detalles del caso.

— ¡Bueno y entonces!, ¿qué clase de ayudante tiene usted? —dijo ella mientras continuaba inquieta en la silla.

—Doña Eugenia —dijo el Abogado tratando de conferir con la señora—, Brandon Carreto es un muchacho bastante preparado, no es culpa de él que las autoridades no le hayan proveído el informe completo.

— ¡Pues explíqueme porque no entiendo!

—Doña Eugenia —dijo el jurista acomodándose a su escritorio—, el caso de su hijo es bastante complicado. Lo están acusando de narcotráfico y posesión de armas de grueso calibre.

— ¿Qué? —indagó ella enfurecida.

—Sí... es un delito demasiado grave y todavía no me han asegurado que el proceso se lleve a cabo aquí en Coatepeque.

— ¿Cómo así?

—Verá... si en las primeras audiencias, no logro convencer al fiscal y al Juez competente de que el caso no es tan complicado como parece; el asunto jurídico puede ser trasladado directamente a la cabecera departamental y eso no le conviene a nadie.

—Pero... ¿por qué el traslado? —respondió la señora en tono rabioso—. ¿Qué no hay Juzgados competentes en Coatepeque?

—Si los hay, pero como le digo, es un caso grave y complicado. No hay fianza y existe la posibilidad de que los Jueces se excusen de conocer un caso como el de su hijo. Ya ha pasado con anterioridad.

— ¡Licenciado! —dijo ella casi llorando—, yo estoy segura que mi hijo no ha hecho nada malo, más bien creo que esto es una trampa, o se trata de una venganza para dañar la imagen de nuestra familia. Mi hijo no se mete con nadie.

—Doña Eugenia, esto no se trata de una venganza, el Ministerio Publico tiene todas las pruebas en contra de su hijo.

— ¿Qué pruebas?

—En los alegatos del Ministerio Público señalan que la policía lo detuvo con drogas y armas de uso militar.

— ¿Alegatos?

—Es un término que le dan, pero según los oficiales del Ministerio Público, tienen todas las pruebas que podrían llevar a su a hijo a muchos años de prisión. Por el momento es mejor guardar la calma y esperar a que ellos se pronuncien al respecto.

— ¿O sea qué no hay manera que usted lo pueda ayudar?

— ¡Claro! Estaré presente en todas las audiencias en su defensa, pero no le puedo garantizar que quede libre luego.

La señora casi se desmayó en la oficina del Abogado al escuchar la mala noticia; sin embargo, en el fondo de su corazón pudo contener serenidad. Agachó la cara, y respiró profundo tratando de recuperarse.

—Siempre tuve el mejor concepto de mi hijo mayor, nunca supe que se relacionaba con delincuentes —dijo.

—A veces nosotros los padres somos los últimos en enterarnos de lo que nuestros hijos hacen —respondió el Abogado tratando de darle consuelo.

—Muy cierto.

—Doña Eugenia —dijo el Abogado tratando de darle aliento—, por qué no se va para su casa y trate de descansar. Yo la mantendré al tanto de cualquier información que me comuniquen.

—Gracias Licenciado —respondió ella poniéndose de pie.

—No tenga pena, yo haré lo que esté a mi alcance por su hijo —dijo el jurista diligentemente.

*****

Esa misma tarde, el Abogado Rural había visitado a doña María y a don Agapito Hernández en su lugar de habitación para saludarles y, constatar que habían estado cumpliendo con las órdenes y recomendaciones que los oficiales del Juzgado les habían impuesto después de lograr su libertad.

Tras bajarse del *Nissan Sentra*, don Agapito Hernández salió a recibirlo y lo hizo pasar a la sala de visitas.

— ¡Compadre! –dijo don Agapito alegremente—, gusto de que nos visite, por favor tome asiento, ¿gusta algo de tomar?

— ¡Gracias compadre! —dijo el Abogado—. Un vaso de agua por favor si no es mucha la molestia.

— ¡Con gusto compadre!, para mí es una alegría verlo por aquí —dijo él dándose la vuelta para ir por los deseos de la visita.

— ¡Igualmente compadre! —dijo el Abogado acomodándose en la sala—, como usted ya no me llamó; vine personalmente.

— ¡Pues que alegre compadre! —dijo don Agapito, alcanzándole el vaso de agua con un gesto de regocijo.

—Compadre —dijo el Abogado, en tono calmado y tratando de relajarse en la sala de visitas—, espero estén al tanto de las recomendaciones que les dieron en el Juzgado, que nos va servir de mucho.

— ¡Claro compadre! Pues… todavía considero que no fue justa la medida que nos impusieron, pero María y yo tenemos la voluntad de abrir el negocio nuevamente en cuanto levanten la sanción, por eso estamos cumpliendo con las órdenes del Juzgado al pie de la letra.

— ¿Ha venido alguien a chequear el negocio? — Inquirió el Abogado.

— ¿Las autoridades?

—Sí.

—No… no ha venido nadie compadre.

—Ya…pues la sanción dicta que es temporal, pero yo haré todo lo posible para que sea levantada a la brevedad posible —dijo el Abogado.

En eso doña María había entrado a la sala a saludar a su visitante. Extendiéndole un abrazo fraternal dijo:

— ¡Compadre que gusto verlo! ¡Bienvenido!, usted es la persona que justamente deseo ver el día de hoy.

— ¿En serio? —respondió él como bromeando y extendiéndole un abrazo.

— ¡Pues claro!, ayer le había dicho a Agapito, que lo llamara, pero él me dijo que usted probablemente estaría ocupadísimo como siempre.

—Un poco comadre, ya ve siempre hay cosas que hacer, pero pierda cuidado, ustedes pueden llamarme o visitarme también a la hora que gusten.

— ¡Gracias compadre! —dijeron doña María y don Agapito.

—Pues… le decía al compadre —dijo el Abogado continuando con la conversación anterior—, que ya empecé a ver de qué manera logramos que la sanción del negocio sea levantada lo más pronto posible.

— ¿En serio compadre? —respondió doña María con una figura de alegría y poniéndose las manos en el rostro.

— ¡Claro! —respondió el jurista—, es cuestión de darle prisa.

— ¡Pues compadre muchísimas gracias!, para nosotros eso no es sólo una buena noticia; estamos en deuda con usted.

— ¿Cómo creen? —respondió el Abogado poniendo el vaso de agua sobre la mesa—, ustedes son familia y pues debemos de ayudarnos mutuamente.

— ¡En eso tiene mucha razón compadre! —dijo la pareja y agregó doña María—, esto merece una copita para celebrar la buena noticia.

—Pues… no es para tanto comadre —dijo el Abogado inclinándose en el sillón de la sala; además —agregó—, esta parte de la ciudad se ve casi muerta y desolada sin la cantina en servicio.

Doña María se había retirado unos pasos de la sala, pero los tres compadres se morían de la risa y gozo que había posibilidades de comenzar de nuevo.

— ¡Salud por las buenas noticias! —dijeron finalmente antes de tomarse la copita ofrecida por doña María.

Nueve

Durante la mañana de miércoles, el debate en contra de Herman Pérez había dado re-inicio en el Juzgado de turno. A la referida audiencia se habían hecho presente las partes usuales en el proceso.

El Juicio Penal en contra de Herman Pérez, había sido catalogado como altamente contradictorio ya que contenía muchos errores procesales desde el arresto del detenido y, la defensa siempre había argumentado que una persona inocente se encontraba detenida injustamente.

También, algunos oficiales de la Policía Nacional Civil, no estaban tan convencidos de que aquella tarde habían arrestado a la persona indicada, al punto que algunos agentes del orden se habían rehusado a testificar en el proceso. Sin embargo, los mandos de la policía del Municipio, asumieron que Herman Pérez era el delincuente que buscaban, o al menos un personaje que tenía qué ver con la extorsión de comerciantes en el área de Coatepeque, pero tarde que temprano la verdad saldría a luz.

El Abogado saludó a su defendido extendiéndole la mano.

— ¡Herman! —dijo él, tratando de hablar en voz baja—, te diré que tenemos buenas noticias.

— ¡Qué bueno Licenciado! ¿Cuándo saldré libre? —indagó él en tono bastante satisfactorio.

— ¡No tan rápido! —replicó el defensor y tratando de bajarle de tono—, tenemos la declaración de algunos testigos a nuestro favor y no sé si hayan otros medios de prueba que la fiscalía quiera agregar; por el momento los últimos análisis de huellas también están a tu favor.

— ¡Gracias Licenciado!, se lo dije, yo nada mas andaba tonteando en la calle y de la nada recogí el paquete.

—Empezamos el día con el pie derecho.

— ¡Lo sé! —dijo el detenido.

—Bueno hasta este punto, yo ya cumplí con mi parte —dijo el Abogado defensor—, espero que tú también cumplas con la tuya.

—Pues mi familia está por reunir su dinero, si eso es a lo que se refiere.

En aquella oportunidad, Luis Leal, fiscal del Municipio de Coatepeque, era el más interesado en darle continuidad al Proceso Penal en contra de Herman Pérez, ya que según la fiscalía, las pruebas que tenían en contra del detenido eran bastante sólidas y lo único que esperaban era un juicio moderadamente corto y una sentencia totalmente condenatoria.

Las copias de los documentos de los nuevos análisis en materia de dactiloscopia ordenados por la defensa anteriormente, habían sido remitidos directamente al Juzgado que llevaba el proceso en días anteriores, ya que según el Código Procesal Penal guatemalteco indicaba en sus artículos del 160 al 176, que todas las partes procesales deberían ser notificadas de cualquier dictamen, resolución, peritaje o audiencia a mas tardar el día siguiente, salvo que el tribunal indicase un tiempo menor. Lo que suponía que esa mañana todas las partes procesales estaban enteradas de lo que sucedía.

A la entrada de la Magistratura, el Juez presidente ordenó el comienzo de la audiencia saludando a las partes procesales y dijo:

— ¿Están las partes listas para llevar a debate oral en contra del procesado?

—Con los nuevos resultados emitidos por los peritos en dactiloscopia, la defensa está lista para iniciar el debate Señor Presidente —dijo el Abogado defensor poniéndose de pie.

— ¡Señor Juez presidente! —dijo Luis Leal como dudoso y bastante sorprendido por lo que el defensor acabada de indicar—, la fiscalía no cuenta con los documentos del nuevo dictamen.

— ¡Licenciado! —dijo el Juez—, en el expediente se indica que todas las partes fueron notificadas.

— ¡Señor presidente, con el debido respeto!, la fiscalía no recibió, ninguna notificación del nuevo dictamen —repitió él.

— ¡Oficial! —dijo el Juez al agente de seguridad del tribunal—, por favor lleve el documento para que el señor fiscal lo lea y no retrasemos más el proceso.

— ¡Señor Juez! —dijo Luis Leal poniéndose de pie y, recibiendo los documentos de la mano del guardia de seguridad del Juzgado—, debemos de tomar un tiempo para que podamos verificar el documento.

— ¡El documento es verídico Licenciado!, el juicio debe de continuar —dijo el Juez y señaló a su auxiliar que diera comienzo a la lectura de apertura a debate.

Honorables miembros del Tribunal de Primera Instancia Penal y Delitos contra el Ambiente. El día de hoy, la fiscalía promueve apertura a debate oral en contra del detenido Herman Pérez por los delitos de robo agravado y extorsión continua a comerciantes en el Municipio de Coatepeque. Los hechos constatan que el sindicado fue aprendido por los agentes de la Policía Nacional civil de esta ciudad cuando se disponía a recoger un paquete que simulaba la extorsión. Hechos que están tipificados en el los artículos 251y 261 del Código Penal....

Después de una larga e inquietante lectura, el Juez presidente con vos de justicia pidió a la fiscalía que llamara a su primer testigo.

*****

Después de las 10 de la mañana, en la Aldea el Alto, el Picolino se había tomado todo el tiempo del mundo para informar a Kike, paso a paso, lo que sucedía en el Municipio de Coatepeque.

El muchacho agarró una cerveza no muy helada y se sentó en la galera para esperar las nuevas órdenes del jefe.

— ¡Kike! —inquirió él mirándole de frente—, ¿qué es lo que se te viene en mente hacer con Armando Murillo?

— ¡Pues pensando estoy!

—Creo que es hora de tomar cartas en el asunto, ¿no crees?

—Sí... tienes toda la razón.

La banda se había enterado cabalmente dónde tenían detenido a Armando Murillo, quién lo defendía y en qué tribunales se ventilaba aquel asunto jurídico.

Kike se sentía entre la espada y la pared, ya que él creía que había cabos sueltos que de un momento a otro podía delatar a la banda y posiblemente los llevaría tras las rejas por muchos años.

Así que esa tarde, el jefe delincuencial conjuntamente con sus compinches empezó a orquestar el lanzamiento de un ataque directo en contra de Armando Murillo para silenciarlo ya que por sus venas corría el temor que el detenido hablaría.

— ¡Podemos empezar con una pequeña visita a la estación de policía! —dijo Kike, en forma de broma.

— ¿A caso te has vuelto loco? —respondió el Picolino poniendo el envase de la cerveza en un lado de la pared—, con tanta seguridad que tienen ahí, ni en broma es bueno pensarlo.

—No… ¡Claro que no!

— ¿Y entonces?

— ¡Tengo algo mejor!

— ¿Qué cosa?

— ¡Alístense muchachos! —dijo él poniendo su mano derecha sobre su arma—, que haremos una visita breve.

— ¿A dónde, o a quién Kike?

—Pues de pronto se me ocurre, ir con el Licenciado, ese que lleva el caso, pues no estaría mal darle una visita.

— ¡Creo que es un mal movimiento Kike! —dijo el Picolino.

— ¡A ver…! ¿Por qué mal movimiento?

— ¡No puedes exponerte de esa manera!, sería mejor organizar un plan con el cual logremos llegar a nuestro objetivo sin mayores apuros.

— ¡No te entiendo!

— ¡Creo que es mejor que vaya yo! —dijo Picolino.

— ¡Pero soy yo quien debe resolver esta situación!

— ¡Lo sé! —dijo Picolino—, pero debemos pedir ayuda, si es que quieres mantenerte en silencio.

—Esto no necesita de ayuda —dijo Kike en tono bastante suave.

— ¡Claro que necesitamos ayuda!, y tengo en mente quien nos puede echar la mano, sólo déjamelo a mí.

— ¡No te preocupes Picolino! —dijo Kike—, que yo puedo conseguir toda la ayuda que necesito.

— ¡Está bien! Solo que la necesitamos pronto.

Diez

El Comisario Roberto Fuentes, había sido instruido por sus superiores que debía mantener los ojos abiertos de lo que sucedía en el Municipio de Coatepeque, ya que algunos miembros del Organismo Judicial local, habían notificado a la central de la Policía Nacional Civil en la ciudad de Guatemala, que requerían apoyo inmediato por la presencia de algunos personajes altamente conflictivos en el casco urbano de la ciudad.

Recordando lo prometido en el velorio de su familiar, el Comisario Roberto fuentes veía en ese momento, la posibilidad de contribuir directamente en el combate a la delincuencia por contar con órdenes superiores de la Dirección General de la Policía Nacional Civil. Así que él había presionado a sus subalternos para que patrullaran el pueblo de día y de noche porque según él, tenía todas las intenciones de poner en marcha un plan para confrontar a los malhechores con mano dura.

Con voz fuerte dijo:

— ¡Benjamín Navarro!

— ¡Ordene mi Comisario!

— ¡Quiero que vigilen todas las avenidas de la ciudad las 24 horas, y que me informen de cualquier actividad sospechosa en la ciudad!

— ¡Como usted ordene Comisario! —respondió el oficial Navarro.

— ¡Quiero estar al tanto de cuánto vagabundo ande rondando por la ciudad!

— ¡Sí Comisario! —respondió él.

— ¡Siguiendo las órdenes que tenemos de la Dirección General de la Policía!, no podemos darnos el lujo de fallarle a la población. ¡Así que manos a la obra y a rondar la ciudad! —dijo él con voz sólida.

Al escuchar los mandatos del Comisario; Benjamín Navarro y otros oficiales a bordo de 11 patrullas tipo *pick up* que habían sido establecidas para vigilar el orden de la ciudad continuaron con el patrullaje como lo había requerido su jefe.

Sin embargo, Benjamín Navarro, era un agente de policía moderado. A él no le gustaba meterse en problemas con la ciudadanía, siempre trataba a los vecinos con respeto y vigilaba el cumplimiento de la ley, pero él simpatizaba con las ideas del Comisario para tratar de mantener la calma en el Municipio.

El oficial Navarro, era de mediana estatura, con bigote, de piel morena clara, casi no tenía cuello y era algo chistoso. Algunos oficiales se burlaban de él, porque en los dormitorios del recinto se oían con frecuencia sus ronquidos cuando dormía, pero era cosa que no le afectaba al oficial.

Aquel mediodía, después de unos 40 minutos de patrullaje, se habían topado con una camioneta tipo agrícola que había estado dando vueltas en las zonas más concurridas del casco urbano de Coatepeque. El vehículo era de modelo reciente, color rojo chillante, marca *Mitsubishi*; sus placas eran algo dificultosas de leer porque las cubría un tipo de envoltorio plástico semi-oscuro.

Sus pasajeros eran invisibles ya que el mencionado vehículo tenía los vidrios altamente polarizados y por las maniobras que realizaba el conductor; era como si quisiera llamar la atención de las autoridades directamente.

El oficial Benjamín Navarro quien en aquel momento viajaba de pasajero en el vehículo policial, ordenó al chofer de la patrulla que debía de aproximarse a la camioneta en marcha y, tratar de seguirlo cuidadosamente para ver qué reacción tomaba el chofer del carro sospechoso.

— ¡Oficial! —dijo él—, siga a la camioneta que llevamos a dos carros de distancia y no la pierda de vista.

— ¡Claro! —respondió el oficial al volante.

— ¡Necesitamos ver qué rumbo toman!

— ¡Seguro oficial!

— ¿No le parece errática la manera en que están conduciendo ese vehículo oficial?

—Sí... bastante, pueda que valla borracho el que va manejando.

—No lo creo —dijo el oficial Navarro—. Es mejor que guarde la distancia, no queremos interrupciones.

Segundos después, el oficial Benjamín Navarro se comunicó vía radio con la sub-estación de policía.

— ¡10-4!, ¿me escucha?

— ¡Adelante 10-4!

— ¡Necesito la solvencia de una camioneta marca *Mitsubishi* placas: Gua-032569 de color rojo brillante!

— ¡En seguida oficial! —contestó una vos femenil.

—Gua-03, ¿qué me dijo? —inquirió ella.

114

— ¡Gua-0325669! —repitió él.

Mientras tanto, la camioneta que iban persiguiendo, continuó con la marcha sosegadamente; como si supiesen que ya llevaban cola.

— ¡10-4!, ¿me escucha?

— ¡Adelante 10-4!

—El registro no indica nada acerca de ese vehículo.

— ¡Copiado 10-4! —agregó—, les marcaré el alto, así que voy a necesitar apoyo inmediatamente.

— ¡Copiado!

La agente a cargo de la operadora, puso al tanto a los demás agentes de policía y varias patrullas se unieron al contingente del oficial Navarro.

En ese entonces, en el reglamento de la policía Nacional Civil, no existía ningún parámetro que indicara con exactitud cuándo, en dónde y cómo, un agente de la policía pudiese detener la marcha de un vehículo y registrarlo a la vez, pero el oficial Benjamín Navarro había recibido de una manera u otra, la autorización de contener cualquier auto sospechoso fuese quién fuese.

El chofer continuó con la marcha de vehículo y dobló hacia la esquina derecha para agarrar la Calzada

Álvaro Arzú, ya para salir del pueblo rumbo a la capital de la República.

Aproximadamente tres cuadras antes de que saliera a la autopista nacional, la mencionada camioneta, los oficiales que los seguían, le marcaron el alto; prendiendo las luces azules de la patrulla más cercana.

A la señal del alto marcado por las autoridades, el conductor de la camioneta sospechosa, bajó la velocidad del vehículo, encendió sus luces de emergencia y despacio detuvo la marcha del automotor justo al lado derecho de la calzada.

Tres agentes de la Policía Nacional Civil, se acercaron cautelosamente al vehículo, mientras los demás oficiales les cubrían el ángulo derecho e izquierdo por si los ocupantes de la camioneta intentaran hacer algo ilegal.

Los agentes con sus manos sobre las armas y de manera precavida, ordenaron al chofer que se bajara del automotor y se identificara ya que no se podía ver qué tipo de personas viajaban en la camioneta.

— ¡Salga del auto! —se oyó con vos fuerte.

Segundos después de abrir la puerta del automotor, se bajó una muchacha algo joven, de cabello pelirrojo, con tacones altos y vestido floreado corto, e indicó a los policías que llevaba dos pasajeros más, y preguntó:

— ¿Por qué tanto escándalo señores agentes?

Los oficiales se vieron el rostro el uno al otro como sorprendidos, y todo parecía haber sido una pérdida de tiempo porque los uniformados de todas maneras le exigieron a la chica que se identificara; que mostrara los documentos del vehículo y también identificaron a sus acompañantes.

Sin embargo, había algo que no tenía muy tranquilo al oficial Benjamín Navarro, ya que les llevó tiempo procesar toda la información en aquella zona, un poco alejada del centro de la ciudad. < ¿Será que nos están engañando?> Pensó.

Mientras los minutos corrían, los oficiales habían continuado con la verificación de los documentos del vehículo y el cuestionamiento a la mujer del porque estaba manejando erráticamente.

*****

El delincuente Kike, siempre había utilizado todas sus artimañas para entrar desapercibidamente al casco urbano de la ciudad de Coatepeque, a él le molestaba la idea que las autoridades mantuvieran la imagen que él se encontraba en el pueblo. Así que utilizando un *pick up* de modelo antiguo, marca *Toyota*, que apenas se le podía ver el color gris porque se veía repleto de lodo y aparentando acarrear leña en la palangana del mencionado automotor; él y su banda había aprovechado la oportunidad que las autoridades estaban en el otro lado de la ciudad cuestionando a otras personas.

Vistiendo una camisa de manga larga color café y luciendo un sombrero de petate roto, Kike aparcó el viejo *Pick up* en las cercanías de la oficina de Brandon Carreto para extorsionarlo y obligarlo a que influyera en las decisiones del Abogado Rural y de la fiscalía del Municipio acerca del caso de Armando Murillo.

A Kike no le convenía que el caso de Armando Murillo saliera del casco urbano de Coatepeque, ya que tendría serios problemas para cumplir con sus planes si algo salía mal o, alguien abría la boca.

Al bajarse de la camioneta, Kike y el Picolino se introdujeron de manera apurada en la pequeña oficina de Brandon Carreto; otro de sus compinches se quedó de guardia en la puerta. Ellos fueron directamente a él porque ya sabían todos los movimientos del güizache.

Tras introducirse a la sala del pequeño negocio, los delincuentes se le fueron encima de manera intimidatoria.

— ¡Óyeme muchacho! —le dijo Kike en voz fuerte y acercándosele para incitarlo—, ¡vos no me conoces a mí, pero yo si te conozco a ti!

— ¡Buen mediodía caballeros! —interrumpió Brandon como era su forma de atender a sus clientes—. ¿En qué les puedo ayudar?

— ¡Mira chavo! —dijo Kike de manera airosa y amenazante—, no tengo mucho tiempo para darte explicación, así que es mejor que me escuches.

— ¡Un momento! —dijo Brandon, defendiéndose y no dándole lugar a que lo intimidara—, ¡usted no puede venir a mi oficina a darme órdenes! Es cierto yo no lo conozco, pero… ¿Qué es lo que quiere?

— ¡Te aseguro que no te interesa conocer quién soy! —dijo él viéndolo con rudeza—, pero traigo un pequeño mensaje para vos y tú patrón.

— ¿Qué mensaje?

— ¡El mensaje es simple! —dijo Kike—, ¡el caso de Armando Murillo se queda en Coatepeque!

— ¿Qué Armando Murillo? —inquirió Brandon frunciendo la cara, como tratando de hacerse el desentendido.

— ¡No te hagas el tonto! —dijo él, indicándole con advertencia—.Yo sé perfectamente que tu patrón lleva el caso de Armando Murillo.

— ¡Ah…! ¡Armando Murillo! ¡Sí! ¡Claro! ¿Qué hay con él? —preguntó finalmente Brandon Carreto.

—Pues aparte de que ustedes llevan el caso, la fiscalía lo piensa trasladar a Xela, así que por esta vez te lo estoy repitiendo de nuevo. ¡El caso se queda aquí en Coatepeque! ¿Me entiendes?

— ¡Oye amigo! —dijo Brandon—, nosotros no tenemos el control de lo que las autoridades dispongan en ese proceso.

— ¡Creo que no me entiendes muchacho! —dijo Kike poniendo su mano derecha justo donde portaba su arma de fuego—. ¡No te lo repetiré nuevamente!, además… yo no soy tu amigo.

El Picolino dejó que Kike tomara las riendas de las amenazas, él no intervino en la extorsión, sólo mantenía la cautela del objetivo, le mantenía la vista fija para atemorizarlo y que cumpliera con las órdenes del jefe.

— ¡Está bien! ¡Está bien! ¡Ya basta! —dijo finalmente Brandon—, yo le pasaré el mensaje al Abogado en cuanto lo vea.

— ¡Tú no vas a pasar nada más el mensaje! ¡El caso se tiene que quedar aquí!

— ¡De acuerdo! —dijo Brandon.

— ¡Pues más te vale!, o los dos se van a morir —dijo él delincuente furioso y tratando de marginarlo a la esquina derecha de la oficina.

El bandido que se había quedado vigilando la puerta, les dio un chiflido clave de alerta roja; Kike y su compinche abandonaron las amenazas y apresuraron sus pasos hacia la puerta.

Los delincuentes se subieron al automotor aceleradamente y tomaron la calle más inmediata rumbo a la Aldea El Alto.

Once

Por la mañana, representantes del Organismo Judicial de Guatemala conjuntamente con la fiscalía de Coatepeque y la recomendación de uno de los Jueces de mayor rango en el Municipio, habían llegado a la conclusión respecto a la imputación Penal en contra del detenido Armando Murillo y se aprestaban a dar la información del procedimiento que le darían.

El asunto jurídico del consignado, había causado conmoción en el casco urbano de Coatepeque, ya que Armando Murillo era un personaje conocido por mucha gente en esa área de Guatemala y la prensa no había cesado en dar información en el avance del caso por el cual se encontraba detenido.

Por el lado de la defensa, Brandon Carreto había informado al Abogado Rural de la situación y de las amenazas que existían en contra de ambos, si el caso no se llegaba a juzgar en Coatepeque, pero para no retrasar el procedimiento; ambos habían acordado mantenerlo en silencio de momento, o al menos mientras daban espera a que los oficiales de Organismo Judicial se pronunciaran respecto al procedimiento que le darían.

Armando Murillo, era un personaje que no aparentaba matar ni una sola mosca y muchos creían que su detención sólo se trataba de una mera confusión, ya que el muchacho trabajaba a la par de sus padres en el negocio de los materiales de construcción y de ningún modo se había sospechado nada maléfico de él.

Después de su detención, el muchacho había seguido las instrucciones de su Abogado al pie de la letra y no había dicho nada en su contra, pero con toda la evidencia que se había recabado y que sin lugar a dudas el Ministerio Público de Guatemala, las utilizaría en su contra; se le hacía cada vez más difícil ver su libertad.

Aquella mañana, Armando Murillo había tenido varios minutos con su Abogado antes que se asomaran las autoridades encargadas de procesarlo.

— ¡Licenciado! —dijo él—, usted tiene que hacer lo posible para que mi caso no sea trasladado a otro lugar.

—En eso estamos —respondió el defensor—, pero

tengo que decirte que la decisión final no la tomo yo.

— ¡Pero usted es mi Abogado defensor!

— ¡Claro!, pero en tu caso yo ya hice mi trabajo, ahora sólo falta que ellos resuelvan a nuestro favor.

Minutos después de la prolongada espera y, rodeados de varios oficiales de la Policía Nacional Civil; en custodia de Armando Murillo, se hicieron presentes los agentes del Juzgado.

— ¡Licenciado! ¡Armando, buen día! —dijo uno de ellos, tomando asiento en su respectivo escritorio.

— ¡Buen día oficial! —replicaron ambos.

Al nada más tomar asiento, el oficial se dirigió al Abogado defensor en tono bastante sólido y seguro de sí mismo.

— ¡Licenciado, el caso de su patrocinado necesita ser trasladado a la cabecera departamental a la brevedad posible! —dijo él sin titubeos.

— ¡Oficial! —respondió el Abogado defensor en tono apelante—, creo que es una decisión fuera del reglamento y un poco apurada, ¿no le parece?

— ¿Fuera de reglamento y apurada la decisión? No Licenciado. Nos hemos tomamos el tiempo necesario en consideración del caso de su defendido.

—Entonces, ¿cuál es el motivo del traslado?

—Lo que sucede Licenciado —replicó el oficial

sosteniendo algunos documentos—, es que la sede del Ministerio Público de la cabecera departamental, cuenta con mejores recursos que nosotros para la investigación y el proceso que se llevará en contra de su defendido.

Armando Murillo, se veía como confundido y angustiado por la conversación jurídica que tenía su defensor en contra de los cuerpos judiciales, pero en todo momento se mantuvo en silencio.

—Oficial —dijo el Abogado Rural—, yo no estoy de acuerdo con esa decisión y creo que tendré la oportunidad de apelar.

— ¡Utilice los recursos legales que usted considere pertinente Licenciado!, pero el caso está fuera de mis manos.

— ¿En cuánto tiempo lo piensan trasladar? — inquirió el Abogado.

—Esta determinación todavía no la han tomado las autoridades competentes, pero lo sabremos dentro de 12 horas.

— ¿Por qué el apuro?

—Por razones de seguridad —dijo el oficial.

— ¡Está bien! —dijo finalmente el defensor.

—Licenciado —dijo el oficial en tono calmado ya casi al final de la conversación —, yo sólo cumplo con las órdenes de mis superiores.

Antes de levantarse del escritorio, el oficial a cargo del caso ordenó a las fuerzas de seguridad que removieran al detenido Armando Murillo fuera de la sala jurídica, y que lo condujeran al preventivo para que aguardara su traslado.

*****

En las áreas rurales de Guatemala, las malas noticias siempre viajaban más rápido que un rayo. Esa tarde de miércoles, Kike sostenía su vaso de licor en una mesa redonda, ya que a esa hora se encontraba celebrando con algunas visitas en su rancho, a las orillas de las playas del pacifico y disfrutaban de la caída del sol.

Después de haber observado el panorama y reído a carcajadas con su visita por las locuras que habían hecho unos días antes.

— ¡Jefe! —se oyó por radio de banda corta.

Era una voz masculina, fuerte y sólida, que tenía instrucciones específicas de no intervenir, ni mucho menos dejar entrar a nadie esa tarde, a menos que fuera una emergencia.

Kike agarró inmediatamente el aparato receptor y se levantó disimuladamente de la mesa para que las visitas no oyeran el mensaje.

— ¡Maco, te dije que no quería molestias esta tarde! ¿Qué sucede? —contestó él disgustado por la interrupción.

— Disculpe la perturbación jefe, pero hay alguien en la puerta que necesita verlo a la brevedad posible.

— ¿Quién es? —inquirió él dudosamente.

—El Picolino y otro muchacho que no conozco.

— ¿Cuál es el nombre del otro muchacho?

—El Picolino dice que se llama Checha.

— ¡Déjalos entrar!

Después de haberse identificado con los agentes de seguridad del rancho, Checha y el Picolino habían llegado a llevarle el mensaje personalmente de lo que ocurría en el Municipio de Coatepeque, ya que según sus informantes más cercanos todo había sucedido fulminantemente.

Kike volvió de momento a la mesa para continuar con la atención de su visita por unos segundos más, pero al ver la llegada de la camioneta del Picolino; se excusó de sus amigos y se dirigió al parqueo.

Abotonándose la camisa que llevaba puesta y, al nada más bajar las gradas del rancho que daban al parqueo le dijo:

— ¡Sólo espero que sean buenas noticias y algo importantísimo para que te asomes por aquí sin avisarme!

— ¡Lamentablemente no lo son jefe! —replicó el Picolino bajándose de la camioneta llena de polvo por el camino de terracería.

— ¡Picolino! —dijo Kike algo enojado, pero en tono bajo por las visitas—, ¿no me pudiste llamar por teléfono?

El Picolino y Checha, habían llegado a darle el detalle, así que sin titubear el Picolino de frente soltó la noticia.

— ¡Armando Murillo será trasladado de mañana a pasado para Quetzaltenango!, ¿qué vamos hacer?

Kike no podía creer la noticia que había escuchado, su rostro se puso rojizo, se volteó y arremetió con bravura.

— ¡Pero si apenas ayer fuimos hablar con ese idiota y no hizo nada! —dijo él en tono enardecido.

— ¡Kike… yo no tengo ni la menor idea cómo sucedió! —replicó el Picolino inclinándose sobre la camioneta —, pero mis informantes están seguros que lo van a trasladar de mañana a pasado.

— ¡Alguien tiene que pagar por esto! —dijo Kike.

— ¡Tú dirás!

— ¿Estás seguro que lo van a trasladar mañana?

—Esa es la información que me dieron.

— ¡Ya no queremos más errores! ¡Lo que menos quiero es meternos en más problemas de los que ya tenemos!

—La información es verídica —dijo el Picolino.

Kike se quiso dar la vuelta, como analizando la noticia y lo que tendría que hacer para resolver el problema.

— ¡Ahorita vuelvo! —dijo.

Doce

Por la mañana, el Abogado Rural había invitado a Brandon Carreto al desayuno en su casa de habitación porque tenían muchas cosas que aclarar respecto al caso de significante impacto que llevaban en el Juzgado de Primera Instancia Penal y Delitos Contra del Ambiente del Municipio de Coatepeque.

Y es que la situación del caso de Armando Murillo, les había acarreado varios problemas y ambos tenían que encontrarle una solución lo antes posible ya que existían muchos riesgos.

La casa de habitación del jurista, se encontraba al sur este de la ciudad de Coatepeque, en una calle no muy céntrica y de terracería donde el tráfico no era muy fluido, pero si transitaban diversos vehículos las 24 horas del día. También, el inmueble del Abogado Rural, era muy conocido por los lugareños ya que tenía una fachada tipo colonial de dos plantas y era el único Jurisconsulto en ese lugar del pueblo.

130

Brandon Carreto, había conseguido algo de experiencia en algunos juicios penales, pero en aquel caso en particular, había tenido un mal presentimiento de lo que podía pasar y no lo dejaba tranquilo.

El caso de Armando Murillo, se había tornado un poco contradictorio y les habían lanzado amenazas extremas; aunque el güizache estaba acostumbrado a la confrontación de ese tipo de problemas; la manera en que lo habían intimidado en su oficina no lo podía olvidar así de fácil.

Aquella mañana sentados en una mesa de color cedro antiguo, en la parte central de la casa de habitación del Abogado y mientras ambos desayunaban, Brandon Carreto le dijo un poco consternado:

—Licenciado, ¿y el caso de Armando Murillo lo apelará?

— ¡Claro que apelaré la decisión del traslado! —dijo él—, pero me da la pauta que las autoridades del Organismo Judicial están empeñados a que el caso sea trasladado a Quetzaltenango a toda costa.

—Si ese fuere el caso, ¿qué procedimiento sigue?

—Pues apelaré primero. A ver qué resolución me dan. Después ya veremos.

— ¡Licenciado! —dijo Brandon—, yo pienso que ha llegado el momento en que debemos presentar la denuncia a la policía por las amenazas que nos hicieron.

El Abogado lo vio un poco preocupado y trató de calmarlo.

— ¡Brandon! —dijo él, alcanzándole una taza—, toma un poco de café. Como verás, la situación está un poco difícil pero no debemos de angustiarnos.

— ¿Un poco difícil? —inquirió Brandon como dudando—. ¡La situación está de muerte Licenciado!

— ¡Complicado sí!, pero tampoco de muerte.

— ¡Pues tengo la certeza de que alguien me vigila en la oficina!, y también han llegado al barrio donde vivo y eso no me suena nada bueno.

— ¡Tranquilo mi amigo! —dijo el Abogado para que se relajara un poquito—, recuerda que hay mecanismos para contrarrestar ese tipo de amenazas y en los asuntos regidos por la ley siempre existen riesgos.

— ¡Pues la verdad yo si tengo pena! —dijo Brandon preocupado—, esos tipos que llegaron a mi oficina, se les veía de muy mala racha.

Segunditos después que Brandon había dejado de expresar su consternación, alguien tocó a la puerta de la habitación del Jurisconsulto bastante fuerte y en dos ocasiones gritó:

— ¡Licenciado! ¡Licenciado quiero hablar con usted!

Era una vos masculina, bastante rara, y de la forma en que el tipo exigía ver al jurista no sonaba normal.

— ¿Quién es? —inquirió el Abogado tratando de acercase a la puerta para ver quién lo llamaba.

Brandon Carreto se levantó de la mesa donde estaban desayunando, detuvo al letrado por un segundo y le dijo:

—Licenciado… mejor suba al segundo nivel para ver quién es el que lo busca, es mejor resguardarse por si las moscas.

—Creo que tienes razón —replicó él.

Tras haber subido las gradas que conducían al segundo nivel, El Abogado se asomó por una ventana a ver quién era el que lo llamaba a gritos. Sin embargo, no vio a nadie; la calle se veía vacía.

Mientras tanto, Brandon Carreto que de por sí ya había tenido malos presentimientos y se sentía bastante nervioso, sacó el celular de la bolsa izquierda de su pantalón y lo retuvo en su mano derecha con el número de teléfono de la policía por cualquier emergencia.

Tras pasar algunos segundos de silencio, el Abogado bajó del segundo nivel creyendo que posiblemente todo se trataba de una confusión, pero Brandon Carreto no se la había tragado, así que le dijo:

— ¡Será mejor que llamemos a la policía en estos momentos! —dijo él, ya con el número de teléfono de la estación de policía en la pantalla.

— ¡No creo que sea para tanto Brandon! —dijo el Abogado tomando un respiro—, no creo que sea una emergencia, pero le daré una llamadita al Comisario Roberto, en cuanto terminemos de desayunar.

—Creo que ya se me pasaron las ganas del desayuno Licenciado —replicó Brandon en tono neurasténico.

*****

Muy de mañana, la madre naturaleza había hecho de las suyas, ya que se había puesto nublado el entorno y caía una pequeña brisa de invierno.

De la Aldea El Alto, dos camionetas poco vistas en esa región, habían dejado marcas en el camino de terracería y se dirigían al Municipio de Coatepeque.

En uno de esos vehículos viajaba Kike y sus guardaespaldas, en la otra camioneta viajaban el Picolino, Checha y los demás muchachos de la banda.

Los delincuentes habían hecho planes la noche anterior para tomar venganza en contra del jurista por no haber conseguido lo que ellos tanto querían y, el compinche que les había hecho la guarda, ya les había dado el pitazo que el objetivo estaba en el lugar que ellos perseguían.

Kike se había enfurecido rotundamente porque según él, sus palabras nadie las había escuchado y lo que a él menos le gustaba; era que lo ignoraran.

— ¿Estás listo Picolino? —le preguntó Kike por radio de banda corta mientras entraban a lugar del objetivo.

— ¡Claro que estamos listos jefe! —dijo él.

Mientras los choferes de las camionetas avanzaban por los vecindarios del Municipio, el Picolino y Checha, afinaban todos sus instrumentos para causar terror a su objetivo y a quienes estuvieran cerca.

— ¡Recuerda que solamente tenemos tres minutos para llevar a cabo la misión!, no queremos complicaciones.

— ¡Claro jefe!

Trece

Después de unos minutos, el Abogado Rural en compañía de Brandon Carreto, habían terminado de desayunar en su casa de habitación; el jurista se disponía a marcar el número de teléfono del Comisario policial de la ciudad de Coatepeque para contarle la broma que les habían jugado durante la comida matutina, pero no le dio tiempo más que de clamar por auxilio.

— ¡Comisario necesitamos ayuda! —gritaba el Abogado, al retumbo de varias ráfagas de armas de fuego que empezaban a perforar la pared de su casa.

— ¿Qué sucede? ¿Qué es ese ruido? —inquirió rápidamente el Comisario al otro lado de la línea telefónica.

— ¡Nos están disparando en mi casa! ¡Necesitamos ayuda inmediata!

— ¡En seguida Licenciado! —dijo el Comisario pidiendo apoyo a otros oficiales que se encontraban en las afueras del edificio policíaco.

Brandon Carreto, también había marcado rápidamente a la estación de policía para pedir socorro.

La balacera no se detenía y se oían armas de grueso calibre con descargas demasiado rápidas.

— ¡Licenciado tírese al suelo! —se oyó que dijo el Comisario por el celular—, ¡ya vamos en camino!

La refriega no parecía tener fin, ya que las ráfagas de fuego continuaron perforando las paredes de concreto del inmueble.

El Abogado Rural, le hizo señales a Brandon Carreto para que se lanzara rápidamente al suelo en busca de refugio.

— ¡Brandon al suelo! —le dijo.

Ya en el piso, ambos se arrastraron hacia la parte trasera de la casa del Abogado mientras llegaba la ayuda.

FIN